박원순의
어린이를 위한 응원

아름다운 뺄셈을 기다리며

어린이 여러분은 수학을 좋아하나요? 수학의 기본은 사칙연산입니다. 덧셈·뺄셈·곱셈·나눗셈 이 네 가지가 그 주인공이죠. 나는 사람들에게 아름다운 가치를 설명할 때 나눔은 나누기로, 상상력은 곱하기로, 공동체는 더하기로 표현하곤 합니다.

나눔이 자신의 몫을 나누는 나누기와 닮았고, 어떤 일에 상상력이 덧붙여지면 몇 곱으로 재밌어지기 때문입니다. 또 공동체는 한 사람의 마음에 또 한 사람의 마음이 더해지는 것이라고 생각하기 때문이죠.

그런데 뭔가 허전합니다. 그래요, 뺄셈이 빠졌어요. 다른 모든 것이 가능하도록 하는 바탕에는 뺄셈이 있습니다. 우리는 세상이 불공평한 것 같아 분하고 억울하다고 생각해요. 그래서 이를 악물고 하나라도 더 많이 가지려고 노력하죠. 하지만 나만은 손해 보는 일 없이 살겠다는 생각이 우리를 더 지치고 힘들게 합니다.

그렇다면 어떻게 하면 좋을까요? 이럴 때 일수록 뺄셈을 떠올려야 해요. 서로가 서로를 배려하고 공감하는 능력이 절실히 필요합니다. 그래야 다 함께 행복하게 잘 살 수 있습니다. 빼기를 상상할 수 있어야만 더하기, 곱하기, 나누기가 가능합니다. 자신의 손해를 감수하지 않는 배려와 공감은 있을 수 없기 때문이죠.

많을수록, 빠를수록, 높을수록 좋을 거라는 생각에 우리의 삶은 복잡하고, 위험하고, 어지러워졌어요. 필요 없는 것은 쏙 빼내야 해요. 우리에게 꼭 필요한 것이 무엇인지 결정을 해야 하는 때가 온다면, 뺄셈을 기억해야 합니다. 뺄셈은 몸을 가볍게 하고, 마음 근육을 단단하게 만들기 때문입니다. 뺄셈이 희망이에요. 나는 오늘도 아름다운 뺄셈을 기다립니다.

사랑이 넘치는 수학을 생각합니다. 더불어 사는 공동체의 덧셈, 사람냄새 나는 삶을 위한 배려의 뺄셈, 착한 상상으로 세상의 온도를 올리는 상상력의 곱셈, 누구나 제 몫을 찾게 하는 나눔의 나눗셈을 꿈꿉니다. 잘 살기 위해서는 계산을 잘 해야 합니다. 이 책에 그 계산법이 들어 있답니다. 어린이 여러분들과 함께 세상을 아름답게 사는 데 꼭 필요한 재밌는 수학을 해보고 싶습니다.

박원순

이 책을 아이에게 건네주는 부모님께

한 사람의 가치관은 그 사람의 정체성을 나타냅니다. 동시에 삶을 지탱하는 디딤돌이 됩니다. 무엇을 어떻게 바라보는지가 그 사람이 어떤 사람인지를 말해줍니다. 가치관은 때에 따라 세계관, 국가관, 교육관, 직업관, 연애관 등의 이름으로 불리며 우리 인생을 조종하고 따라다닙니다.

그런데 부모가 되어 아이에게 가치에 대해 말해 주려고 하자 막막합니다. 생각해 보니 우리는 이렇게 중요한 것을 제대로 배운 적이 없는 것 같습니다. 우연히 듣게 된 몇 줄의 격언이나, 크고 작은 사건·사고 속에서 스스로 터득한 처세술 정도가 우리의 가치관을 형성하는 씨줄과 날줄이었습니다. 한번도 그것에 대해 진솔하게 배운 적이 없다는 것이 신기할 정도입니다.

인간은 '알았다'에 의해서 어리석어지고 '느꼈다'에 의해
서 성숙해지며 '깨우쳤다'에 의해서 자비로워진다. 그런
데도 제도적 교육은 후덜덜, 죽어라 하고 '알았다'를 가
르치는 일에만 전념한다. 즐!

– 이외수 《하악하악》 중에서

　도대체 우리는 학교에서 무엇을 배운 것일까요? 또 우리 아이들은 지금 학교에서 무엇을 배우고 있을까요? 아이들의 시간을 생각해 봅니다. 깨어 있는 시간의 대부분을 '알았다'를 익히기 위해 온몸과 온 맘을 다 쏟고 있습니다. 아이들은 무언가를 느끼거나 깨달을 시간이 전혀 없습니다.

　우리는 마땅히 배워야 할 것을 배우지 못하고 어른이 되어 버렸습니다. 그런데 그 아픔과 슬픔을 아이에게 대물림하려고 하는 것은 아닌지, 마땅히 누려야할 것을 아이들에게서 빼앗고는 아이들을 위한다고 말하고 있는 것은 아닌지 자문해 봅니다.

　이 책을 준비하면서 부모란 아이에게 어떤 존재일까 다시 한 번 되짚어보게 되었습니다. 부모는 보호자입니다. 부모는 감독관이 아니라 보호자입니다. 부모는 매니저가 아니라 보호자입니다. 부모는 조련사가 아니라 보호자입니다. 부모는 아이의 감성과 지

성의 근거와 바탕을 제공합니다. 부모의 말과 행동이 아이의 말과 행동이 되고, 부모의 가치관이 아이의 가치관이 됩니다.

개념은 탑재하는 것이 아니라, 내재되어야 합니다. 가치관은 폼 좀 잡아보기 위해 달고 다니는 액세서리가 아니라, 가슴 속 깊이 자리 잡은 근본적인 태도와 관점입니다. 개념 있는 가치관 덕분에 하지 말아야 할 것, 차마 하지 못할 일이 생겨야 합니다. 또 해야 할 것, 힘들고 두렵지만 꼭 해야 할 일이 생겨야 합니다. 내재되어 있는 힘이 결정적인 순간 우리와 우리 아이들을 도울 수 있도록 해야 합니다.

이 책은 그 고민을 함께 해보자는 뜻에서 기획했습니다. 열다섯 가지의 키워드를 중심으로 개념을 소개하고 정리했습니다. 말의 무게와 질감을 어린이들에게 전달하려고 노력했습니다. 이 책 한 권으로 아이들의 마음이 쑥쑥 자라고, 개념이 꽉 찰 수는 없습니다. 그러나 시작은 할 수 있다고 생각합니다.

개념은 분위기와 뉘앙스로 익힙니다. 그것이 언어의 본질이기 때문입니다. 우리가 처음 말을 배울 때를 떠올려 보면 알 수 있습니다. 그 게 무슨 말인지 알기 이전에 우리는 그 말을 듣고 호흡하고 가지고 놀며 마침내 그 말을 함께 사용하는 사람이 되었습니다. 같은 말을 하고, 같은 가치를 믿고, 같은 하늘을 이고 사는 것이 공동체입니다.

어린이의 눈높이에 맞춰 가상으로 묻고 대답하는 형식을 가져왔습니다. 어린이들이 무엇을 궁금해 할까 아이들의 시선과 감성을 가지려고 했습니다. 아이처럼 생각한다는 것은 아무 말이나 해보라는 뜻이 아니라, 기본형에 대한 질문입니다. 아이들의 심성이란 있는 그대로를 보는 눈을 말합니다. 어떠한 이해관계도 없이 훼손되지 않은 원형질에 대한 소망입니다.

이 책이 우리가 그동안 찌그러지고 더럽혀진 말을 사용하고 있었던 것은 아닌지 생각해 보는 계기가 되었으면 합니다. 미라처럼 겉모양만 있지 그 안은 무엇으로 채워졌는지 모르는 상태가 아니라, 가치가 살아나기를 바랍니다. 태초에 있었던 바로 그 말의 향기와 정취를 우리 아이들에게 전해 줄 수 있도록 좀 더 정갈하게 그 말 앞에 서자는 의미입니다.

배움은 질문입니다. 결론과 성과를 도출하는 것은 오히려 부차적인 문제라고 생각합니다. 이 책이 갑론을박할 수 있는 계기를 만들었으면 좋겠습니다. 동심원의 중심을 만드는 작은 돌멩이였으면 하는 바람입니다. 가치에 대한 공론이 밥과 집이 되어 우리를 먹여 살리지 못합니다. 또 창과 방패가 되어 우리를 지켜 주지도 못합니다. 책을 덮은 후의 우리의 일상은 여전히 남루하고, 현실은 비루할 것입니다. 하지만 뭔가 달라지고 있는 것을 느낄 것입니다.

거대담론이 중요하다고 생각하지 않습니다. 가치가 소소하고 사소하게 우리 삶에서 체감되었으면 하고 바래봅니다. 눈이 내리면 아이 목에 목도리를 둘러주고, 푸른 바람에 해바라기가 몸을 흔들면 같이 바라보는 것처럼 자연스러운 일이 되었으면 좋겠습니다. 울어야 할 일이 있다면 커다란 손수건을 준비하고, 좋은 일이라면 같이 함박웃음을 웃을 수 있었으면 합니다.

끝으로 '청소년을 위한 박원순의 가상 콘서트 - 박원순의 응원'을 어린이를 위한 책으로 만들 수 있도록 허락해 주신 권경률 작가님께 감사드립니다. 더불어 박원순 시장님께 감사드립니다. 우리 시대의 멘토 박원순이 말하는 아름다운 가치를 우리 어린이들에게 전할 수 있도록 허락해주셔서 고맙습니다.

엄윤숙

차례

꿈꾸는 직업,
상상력

가장자리
- 직업선택의 새로운 기준

어린이들에게 꿈을 물어보면 몇몇 직업군에 모여 있는 것을 볼 수 있습니다. 그 게 정말 우리 어린이들이 꿈꾸는 삶일까 하는 의문이 들어요. 박원순이 말하는 직업선택의 기준은 무엇입니까?

나는 앞으로 무얼 하면 좋을지 물어오는 사람들에게 운명에 도전하라고 권합니다. 보통 좋은 직업이

라고 하면 돈을 많이 벌거나 지위가 높은 것을 말하지요. 세상의 중심에 서서 사람들의 부러움을 한 몸에 받는 그런 직업 말이죠. 하지만 저는 돈과 지위라는 기준에서 보았을 때 가장 멀리 있는 가장자리로 눈을 돌리라고 말해줍니다.

직업은 단지 돈을 버는 것으로 끝나지 않고, 그 사람의 삶을 담는 그릇입니다. 따라서 어떤 직업을 선택할지 고민하는 것은 어떤 삶을 살아갈지 고민하는 것과 같아요. 그런데 우리 사회가 불안해지면서 직업 선택의 폭이 많이 줄었어요. 하지만 어린이들의 꿈을 불안 속에 가두어 놓을 수는 없습니다.

가장자리로 가라

내가 말하는 직업선택의 기준을 한 마디로 요약하면 '가장자리'입니다. 가장자리에 미래가 있고, 새로움이 있기 때문이지요. 가장자리는 중심에서 가장 먼 바깥쪽 변두리에요. 지금 당장에는 가장 낮은 곳, 가장 별 볼일 없어 보이는 곳일지 모르죠. 하지만 중심은 이미 지난 세대가 찾은 답이랍니다. 미래를 준비하는 답이 아니라, 과거에나 쓸모 있었던 답인 셈이죠.

도전은 새로운 가치를 찾아내는 일이랍니다. 새로움을 위해서는 남을 흉내내는 것보다 작지만 자신의 것을 갖는 것이 훨씬 더 중요해요. 가장자리는 과거의 기준으로는 중심에서 가장 멀리 떨어진 곳이지만, 미래의 기준으로는 세상을 움직이는 새로운 중심입니다.

1. 월급이 적은 쪽을 택하라.
2. 내가 원하는 곳이 아니라 나를 필요로 하는 곳으로 가라.
3. 승진의 기회가 거의 없는 곳을 택하라.
4. 모든 조건이 갖추어진 곳을 피하고 처음부터 시작해야 하는 황무지를 택하라.
5. 앞을 다투어 모여드는 곳을 절대 가지 말라.
6. 장래성이 전혀 없다고 생각되는 곳으로 가라.
7. 사회적 존경 같은 것을 바라볼 수 없는 곳으로 가라.
8. 한가운데가 아니라 가장자리로 가라.
9. 부모나 아내나 약혼자가 결사반대하는 곳이면 틀림없다.
10. 왕관이 아니라 단두대가 기다리는 곳으로 가라.

– 거창고등학교 '직업선택 십계명'

'부모가 반대하는 곳이면 틀림없다'라니 너무 과격한 표현인가요? 가장 사랑하는 사람이 반대하는 일이 어떻게 좋은 직업이 된다는 말인지 도무지 이해가 되질 않나요?

사람에게는 저마다 보물이 있는데, 쉽게 찾을 수 없는 곳에 숨겨져 있어요. 보물이 감춰진 곳은 그 사람이 가장 무서워하는 곳인 경우가 많아요. 실패의 함정이 도사리고 있는 짙은 어둠 속에, 괴물이 득실대는 메마른 황무지에 숨겨져 있지요. 가까운 사람들의 눈에는 그런 곳이 가장자리로 보입니다. 그래서 반대하는 것이죠.

어린이 여러분이 힘들고 어려운 길보다는 좀 더 편하고 안전한 길을 선택하기를 원하기 때문입니다. 하지만 도전이 없다면 보물

도 없습니다. 아무 것도 도전하지 않으면 아무 것도 실패하지 않아요. 아무 것도 실패하지 않으면 아무 일도 일어나지 않아요. 아무 일도 일어나지 않는 삶은 편안한 인생이 아니라 너무나 불행한 인생이랍니다.

그게 어디 축하할 일입니까?

가장자리를 선택한 사람을 소개 할게요. 지난 2003년 고시에 합격해 기쁨에 들떠 있던 사법연수원생들에게 나는 이런 말을 했어요.

"여러분, 판검사 되고 싶지요? 그러나 나는 여러분이 판검사가 되더라도 축하해 주고 싶은 마음이 전혀 없습니다. 판검사라는 지위에 취해서 겸손이 사라지는 모습을 많이 보았기 때문입니다. 또 안락한 생활에 익숙해지면서 자기기만에 빠지는 모습을 자주 보았기 때문입니다. 그게 어디 축하할 일입니까? 차라리 슬퍼하는 게 맞지요."

강의가 끝나자 한 사람이 따라와서, 심각한 표정으로 나에게 물었습니다.

"그럼 제가 어떻게 해야 할까요?"

그 사람이 바로 염형국 변호사입니다. 사법연수원을 졸업한 그는 첫 직장을 내가 상임이사로 있던 아름다운재단으로 정했어요. 그리고 2004년에는 연수원 동기들과 함께 공익 변호사그룹 '공감'을 세웠습니다.

'공감'은 사회적 약자의 인권 보호를 위해 일합니다. 그곳의 변호사들은 약간의 월급만 받을 뿐 무료로 변호를 맡고 있지만, 돈보다 더 소중한 행복을 얻었답니다. 그들은 도움을 기다리는 사람들을 만나 더불어 사는 꿈을 이뤄나가고 있습니다. 혼자만 잘먹고 잘 사는 삶을 거부하고 살아가죠. '공감'의 변호사들은 공감하는 능력이 뛰어난 사람이랍니다. 이것이 바로 그들이 행복한 이유입니다.

새로운 직업이 만드는 새로운 세상

엉뚱한 상상이 직업이 될 때 세상은 신나고 즐겁게 바뀝니다. 지금부터 30년 전 캐나다의 몇몇 거리 예술가들이 새로운 꿈을 꾸었어요. 그 때는 모두가 비웃었던 그 꿈이 지금은 수천만 명의 관객이 사랑하는 세계적인 공연예술이 되었어요. 서커스 기술에 이야기를 더하자 사람들은 감동했어요. 그것이 바로 세상을 놀라게 한 '태양의 서커스'랍니다.

상상이 세상을 바꾸고, 이야기가 미래를 바꾸는 것입니다. 아름다운 삶은 아름다운 상상이 더해져야 가능해요. 꿈꾸지 않는다면 어떤 사람도 새로운 세상을 만들어갈 수 없습니다.

직업은 다양합니다. 지금은 모두가 부러워하지만 곧 시들해질 직업도 있고, 지금은 가장자리에서 찬바람을 맞고 있지만 장차 세상의 중심에 우뚝 설 직업도 있어요. 우리 어린이들은 미래를 살아갈 사람들입니다. 직업은 있는 것 중에서 고를 수도 있지만, 지금껏 없었던 것을 만들어낼 수도 있어요. 진짜 직업은 남이 만들어 주는 것이 아니라, 가슴과 머리를 통해 내가 직접 찾아내는 것이죠. 새로운 직업이 생기는 것은 새로운 세상이 만들어지는 것과 같습니다.

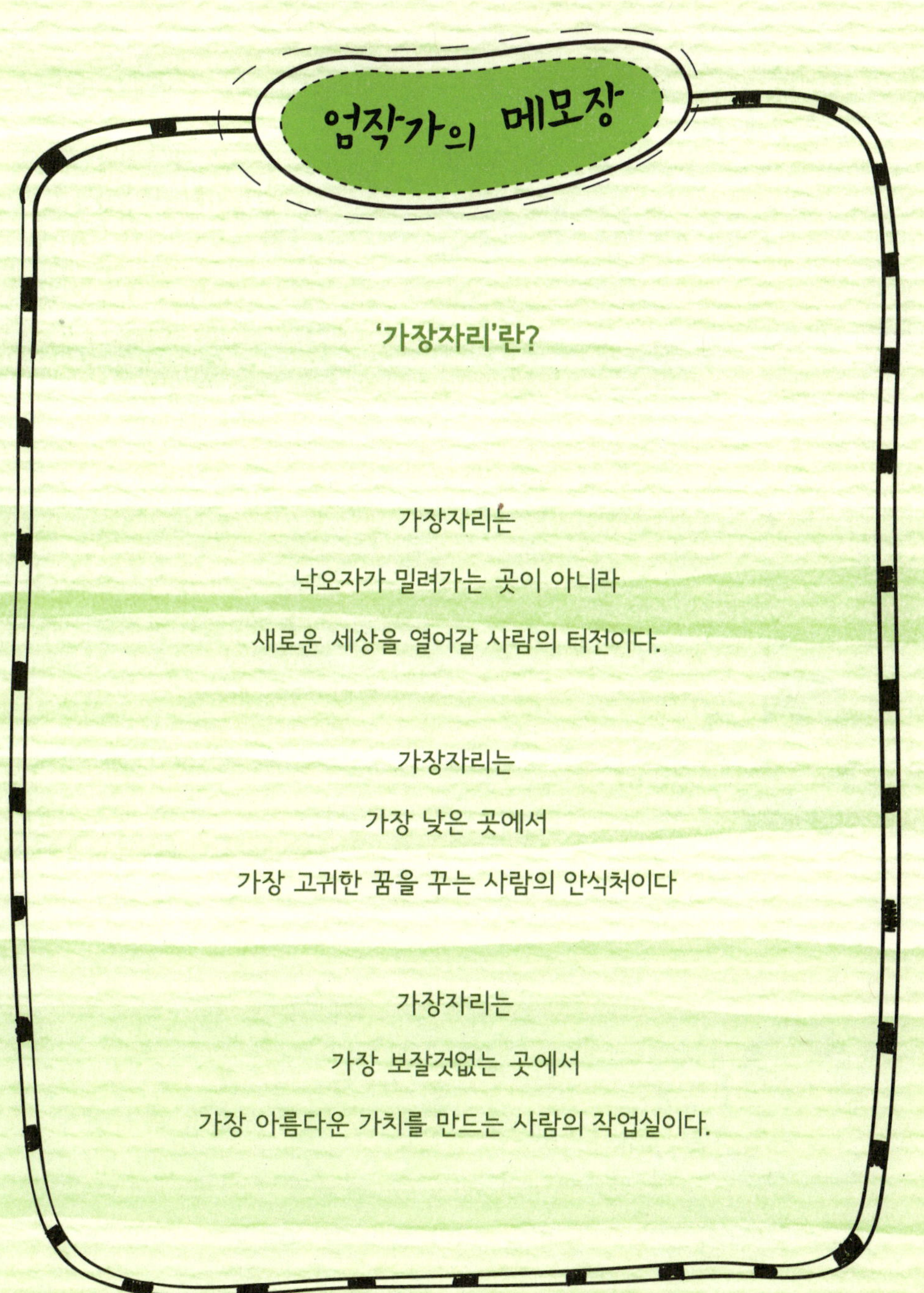

'가장자리'란?

가장자리는

낙오자가 밀려가는 곳이 아니라

새로운 세상을 열어갈 사람의 터전이다.

가장자리는

가장 낮은 곳에서

가장 고귀한 꿈을 꾸는 사람의 안식처이다

가장자리는

가장 보잘것없는 곳에서

가장 아름다운 가치를 만드는 사람의 작업실이다.

상상력
- 착한 세상을 만드는 설계도

우리 어린이들에게 '소셜디자이너'라는 직업이나, 나눔을 실천하는 '사회적기업'이라는 말이 낯설지도 모르겠습니다. 자세히 소개해 주세요.

'소셜디자이너'는 말 그대로 우리 사회를 아름답게 디자인하는 사람입니다. 상상을 무기로 세상을 바꾸는 사람이에요. 소셜디자이너가 하나 둘 늘어남에 따라 우리

사회에도 변화가 일어났어요. 덕분에 이웃을 돌보고 사회에 기여
하는 새로운 직업, 새로운 사업들이 많아졌습니다.

"물건과 함께 영혼을 파세요!"
내가 기업에서 강연할 때마다 강조해온 말이랍니다. 21세기에
는 물건이 아니라 영혼을 파는 기업들이 성공해요. 최근 이런 시
대흐름을 읽고 지구촌 곳곳에서 '사회적기업'이 많이 생겨나고 있
어요. 착한 상상력을 가진 젊은이들이 사회적기업을 설립하고,
사회의 가장자리에서 이웃을 위해 헌신하고 있습니다.
'사회적기업'은 사회적 약자에게 일자리를 제공하고, 지역주민
의 삶의 질을 높이는 사업을 해요. 일반기업이 이윤추구를 목적
으로 하는데, 사회적기업은 사회공헌을 목적으로 생각하는 기업
이랍니다.

'사회적기업'이란?

2009년 스위스 세계경제포럼에서 마이크로소프트의 창립자
인 빌 게이츠가 '21세기 자본주의의 새로운 접근'이라는 제목으
로 연설을 했어요.
"자본주의가 부자들뿐만 아니라 가난한 사람들을 위해서도

기여할 수 있는 방법을 찾아야 한다. 하루 1달러로 살아가는 전 세계 10억의 빈민을 도울 수 있는 창조적 자본주의의 길을 함께 찾아보자.”

그의 연설은 새로운 자본주의가 어디로 향하고 있는지 잘 알려주는 것입니다.

새로운 자본주의에 대한 요구는 거스를 수 없는 시대의 흐름입니다. 수단방법 가리지 않고 돈 버는 데 혈안이 된 자본주의는 이미 사망선고를 받았습니다. 이를 극복하기 위해 ‘인간의 얼굴을 한 자본주의’가 모습을 드러냈어요. 돈에만 매달리던 기업들이 앞 다퉈 사회공헌에 관심을 가지고 있습니다.

우리나라에서는 재활용품을 모아서 파는 ‘아름다운가게’, 장애인이 우리밀로 과자를 만드는 ‘위캔’, 재활용품 악기로 공연을 여는 ‘노리단’, 친환경 건물청소업체 ‘함께 일하는 세상’ 등 다양한 사회적기업들이 활동하고 있어요.

나는 사람들에게 아침마다 이런 생각을 해보라고 권해요. 내가 만나는 사람들은 나로 인해 행복해지는가, 불행해지는가? 내가 지금 하는 일은 누군가의 삶에 보탬이 되는가, 해가 되는가? 스스로에게 이렇게 묻고 답하는 것만으로도 착한 상상의 세계가 열린답니다.

작은 차이를 만들자

나는 착한 상상의 역할모델로 주저 없이 안철수 의원을 꼽습니다. 일체의 정치적 의미를 빼고 나눔의 길을 함께 걸어온 벗으로서 하는 이야기입니다.

안 의원은 20대에 의학 공부를 하면서도 밤잠을 줄여 컴퓨터 바이러스 백신을 개발했어요. 컴퓨터 바이러스 백신 개발은 의사로서의 탄탄한 미래에 걸림돌이 될 수도 있는 일이었습니다. 그럼에도 불구하고 그가 의학 공부와 컴퓨터 백신 연구를 병행한 것은 삶에 대한 진지한 고민의 결과였어요.

결국 그는 의사 생활을 그만두고 안철수연구소를 세웠습니다. 안정된 삶 대신 도전의 길을 선택한 셈이죠. 안 의원이 개발한 컴퓨터 백신 'V3'는 승승장구했습니다. 그러던 어느 날 외국기업으로부터 연락이 왔어요. 1000만 달러를 줄 테니 연구소를 넘기라는 것이었죠. 그는 다시 고민에 빠졌습니다.

'기업이란 무엇일까? 기업의 궁극적인 목적은 수익 창출일까? 기업도 영혼이 있어야 한다. 자기 혼자 잘 먹고 잘 사는 것을 넘어

사회적 가치를 만들어 내야 사람들이 모여서 함께 일하는 의미가
있는 것이 아닌가?'

회사를 팔라는 유혹을 물리친 후 안 의원은 남다른 기업모델
을 찾았어요. 컴퓨터 백신 개발로 돈을 벌면서도, 늘 자신의 사업
이 공익과 어긋나지 않는지 스스로에게 물었습니다.

어려움도 겪었지만, 그는 위기야 말로 하늘이 내려준 절호의
기회라고 생각했어요.

"어려움을 겪을 때 쉽게 넘어가려는 유혹에 빠지지 않는 것이

중요합니다. 원인을 찾아 문제점을 해결하는 사람은 오히려 다시 한 번 도약할 수 있는 발판을 마련하게 됩니다. 그러나 얼렁뚱땅 위기를 넘기려는 사람은 결국 같은 문제에 발목을 잡혀 망하고 맙니다.”

그렇게 위기를 극복한 안 의원은 더 넓은 곳까지 보게 되었습니다. 어렵게 시작한 벤처기업들이 힘없이 쓰러지는 모습을 보면서 자신이 할 수 있는 일은 없을까 생각했어요. 마침내 유학을 떠나기로 결심하고, 그는 이런 말을 남겼습니다.

“한국의 소프트웨어산업이 제대로 돌아갈 수 있도록 작은 힘이나마 보태고 싶습니다. 정직하게 경영해도 망하지 않는 기업환경을 만들고 싶습니다. 기업의 이윤과 공공의 이익이 함께 갈 수 있다는 증거를 찾고 싶습니다.”

미국유학을 마치고 돌아온 그는 교수로 새로운 인생의 문을 열었어요. 안철수 의원은 학생들 앞에 서있는 것만으로도 최고의 역할모델이 되었습니다. 지금 이 시간에도 그는 이 시대의 젊음을 향해 조곤조곤 이야기하고 있답니다.

“젊은이여, 도전하라! 그리고 사회를 돌아보라!”

상상력이 직업을 만든다

"세상은 꿈꾸는 사람들의 것이다!"

내가 가장 좋아하는 말이랍니다. 20세기의 에너지가 '석유'였다면, 21세기의 에너지는 '상상력'이에요. 착한 상상이 훨훨 날아야 해요. 착한 상상이 세상을 바꾸도록 해야 합니다.

'소셜디자이너'는 자신이 가진 능력을 다하여 세상을 바꾸고자 노력하는 사람입니다. 자신이 몸담고 있는 사회를 더 예쁘고 멋지게 꾸밀 긍정과 열정이 넘치는 사람이죠. 나는 우리 어린이들이 곳곳에서 소셜디자이너로 자라나, 기쁘게 자신의 꿈을 펼치는 모습을 보고 싶습니다.

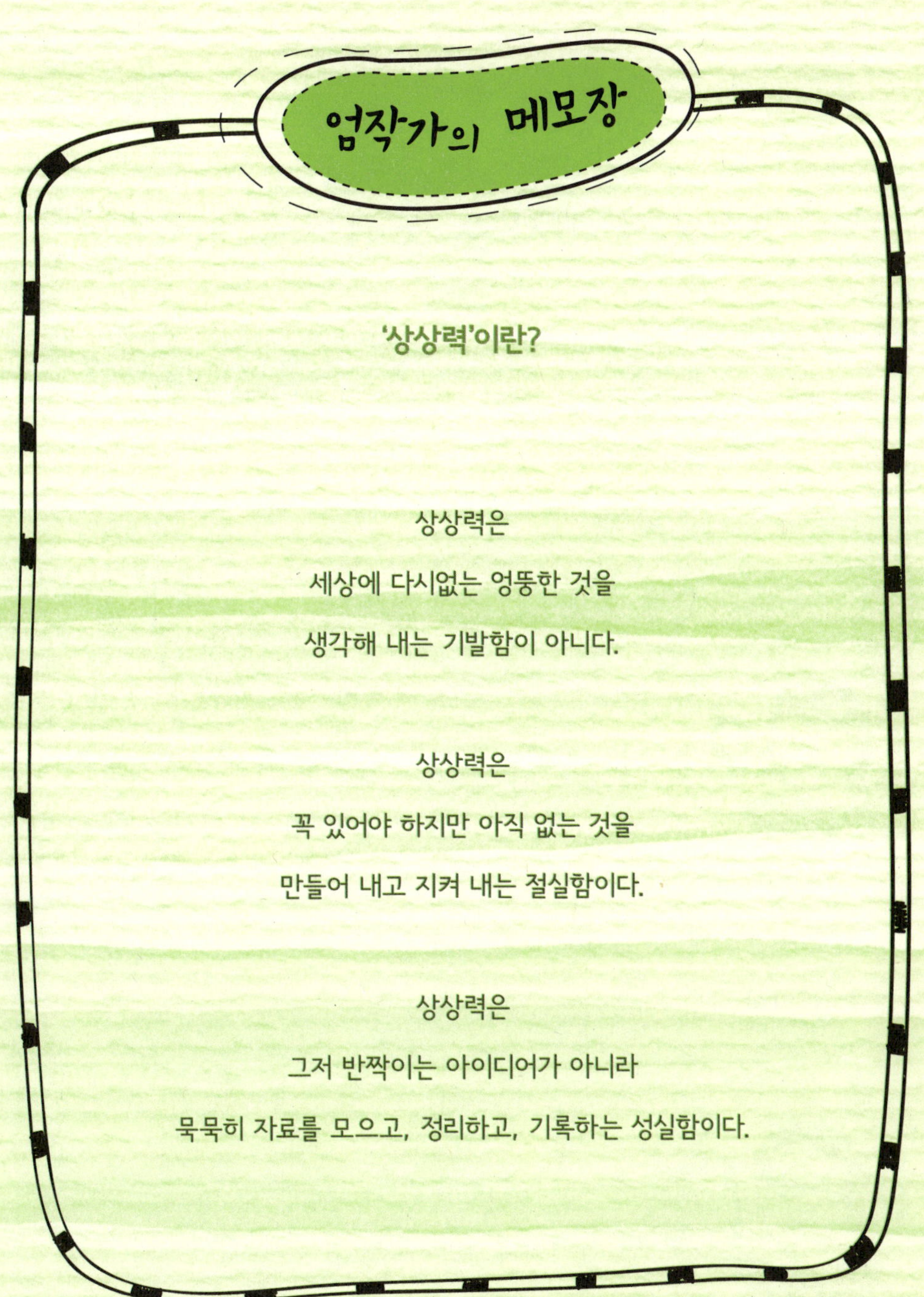
엄작가의 메모장

'상상력'이란?

상상력은

세상에 다시없는 엉뚱한 것을

생각해 내는 기발함이 아니다.

상상력은

꼭 있어야 하지만 아직 없는 것을

만들어 내고 지켜 내는 절실함이다.

상상력은

그저 반짝이는 아이디어가 아니라

묵묵히 자료를 모으고, 정리하고, 기록하는 성실함이다.

용기
- 얼어버린 세상을 녹이는 온기

한 번의 실패가 너무나 치명적이라고들 말합니다. 때문에 부모들은 자녀들에게 지나친 간섭을 할 수밖에 없다고 말해요. 또 어린이들은 이런 간섭에 숨이 막힌다고 하소연을 합니다. 실패를 딛고 새로운 세상을 만들어 내는 용기는 어디서 나오나요?

한 번 실패하면 끝이라는 생각, 공정하지도 않고

공평하지도 않은 세상이라는 생각에 부모는 어린이를 닦달하고 있습니다. 어떻게 해서든지 경쟁에서 살아남으려고 온갖 방법을 연구합니다. 하지만 이런 부모의 노력이 어린이들을 더욱 큰 위험에 빠트리고 있습니다.

"하늘을 날아다니는 새를 보라. 심지도 않고 거두지도 않고 곳간에 들이지 않아도 하나님께서 먹이시나니, 새보다 귀한 사람을 하나님께서 먹이시지 않겠느냐?"(마태복음 6장 26절)

나의 마음 속에 늘 함께 하는 성경구절이랍니다. 새도 먹을 것 걱정은 안 합니다. 하물며 인간이 '먹고 사는 문제'에 갇혀 산다면, 새장의 먹이 때문에 하늘의 자유를 포기하는 것과 다를 바 없어요. 이제 쪼그라든 가슴을 펴고, 생각의 범위를 넓혀야 합니다.

가슴 속 고래 한 마리

나는 어린이들에게 '넘어져도 괜찮다'라는 말을 꼭 전해주고 싶습니다. 아니 넘어지지 않으면 절대 괜찮지 않다고 말해주고 싶어요. 실패는 무언가에 도전한 덕분에 얻을 수 있는 귀중한 경험이죠.

　　도전하지 않으면 아무 일도 일어나지 않아요. 아무 일도 일어나지 않는 인생은 살아있는 것이 아니라 이미 죽어 있는 것입니다. 나는 밤하늘의 별처럼 무수히 많은 꿈들이 다 직업의 씨앗이라고 생각해요. 어린이 여러분이 저마다 가슴 속에 고래 한 마리씩 키우기를 바란답니다.

푸른 바다에 고래가 없으면
푸른 바다가 아니지.
마음 속에 푸른 바다의
고래 한 마리 키우지 않으면
청년이 아니지.

– 정호승 '고래를 위하여' 중에서

사람들이 두려움에 얽매여 숨죽인 채 살아가고 있습니다. 그렇다면 오늘날 우리를 지배하고 있는 두려움은 어떤 것일까요? 실패에 대한 두려움입니다. 사람에게는 존중받고 싶은 마음이 있어요. 그러나 살다보면 누구나 존중받는 것은 아니라는 불편한 진실을 알게 되죠. 자신의 가치를 보여주는 사람만이 존중받아요.

문제는 그 가치가 점차 획일화되고 있다는 점입니다. 사람은 머릿수만큼이나 다양한 가치를 실현할 수 있는 존재랍니다. 그런데 언젠가부터 돈과 지위 외에는 다른 가치들을 인정하지 않고 있어요. 모든 가치가 돈과 지위로 평가되고 있습니다.

무한경쟁과 무한도전

돈과 지위만 있으면 뭐든지 할 수 있는 나라가 대한민국이라고 말해요. 그래서 그것을 얻기 위해서라면 힘있는 사람에게 줄 서고, 아무렇지도 않게 반칙을 일삼죠. 돈과 지위는 이제 가치를 뛰어넘어 신(神)처럼 되었습니다. 수많은 사람들이 돈과 지위를 얻는 성공을 이야기하지만, 성공의 문을 열 기회는 아무에게나 주어지지 않아요.

현실이 이렇다보니 '무한경쟁'이 일상이 되어 버렸습니다. 무한경쟁은 사람들에게 성공에 대한 부러움과 실패에 대한 두려움을 동시에 보여줍니다. 이긴 사람은 모든 것을 가질 수 있어 행복해 보이고, 진 사람은 아무 것도 가질 수 없어 비참해 보입니다.

무한경쟁은 우리를 '스펙'에 매달려 살아가게 만들었습니다. 스펙은 원래 IT기기의 사양을 일컫던 말이었지만, 요즘은 '몸값을 높이는 조건'이라는 의미로 쓰이죠. 성적, 출신 학교, 어학점수, 외모, 자격증 등이 그 사람을 판단하는 기준이 되었습니다.

요즘은 초등학교 3학년만 돼도 본격적인 공부를 시작한다고 하죠. 학교가 끝나면 밤늦게까지 학원수업을 듣고 부족한 잠은 다음날 학교에서 보충해요. 자라나는 어린이들에게는 너무나 가혹한 일입니다. 그럼에도 불구하고 그만두겠다는 생각은 아무도 하지 못합니다.

꿈? 나중에 무엇이 될 지는 잘 모르겠지만 좋은 학교에 들어가기만 하면 원하는 것은 무엇이든 할 수 있다고 말하죠. 꿈보다는 일단 눈앞의 목표가 중요하다고 생각하게 되었습니다.

실패에 대한 두려움이 어린이들을 공부기계로 만드는 나라. 무한경쟁 시스템이 젊은이들을 낙오자로 만드는 나라. 이것이 대한

민국의 현주소입니다. 그런데도 우리 주위에는 온통 성공과 경쟁에 대한 말로 넘쳐나죠. 이제 우리에게 필요한 것은 무한경쟁에서 살아남을 성공 비법이 아니라, 새로움을 향해 무한도전 하는 용기입니다.

우리 지금은 넘어져도

"실패 좀 해도 안 굶어 죽습니다!"

나는 어려서부터 실패를 밥 먹듯이 겪었어요. 고등학교, 대학교 입시에서 떨어졌고, 대학에 입학하자마자 체포돼 감옥살이를 했습니다. 실패를 견디다 보니 용기가 생겼어요. 무슨 일이든 못 하겠냐, 싶은 마음을 갖게 된 거예요. 실패는 나에게 귀한 축복이고 소중한 재산이 되었습니다. 실패한 사람이 불쌍한 것이 아니라, 용기가 없어 시도조차 못한 사람이 더 불쌍하다는 것을 깨닫게 되었습니다.

새로운 세상으로 가는 길의 기초를 닦는 것이 어른의 일입니다. 그 길을 따라 걷는 것은 우리 어린이들의 일입니다. 각자가 제 몫의 일에 충실할 때 그 길은 계속 이어지고 넓어질 수 있답니다.

착한 상상으로 새로운 세상을 열어가는 어린이가 많으면 좋겠어요. 때로는 넘어지고 때로는 굴러도 툭툭 털고 일어나 뚜벅뚜벅 걷는 용기 있는 어린이가 더 많으면 좋겠어요. 어린이가 넘어지면 안아 주는 든든한 팔과 눈물 닦아 주는 따뜻한 손을 가진 어른이 더 많아졌으면 좋겠습니다.

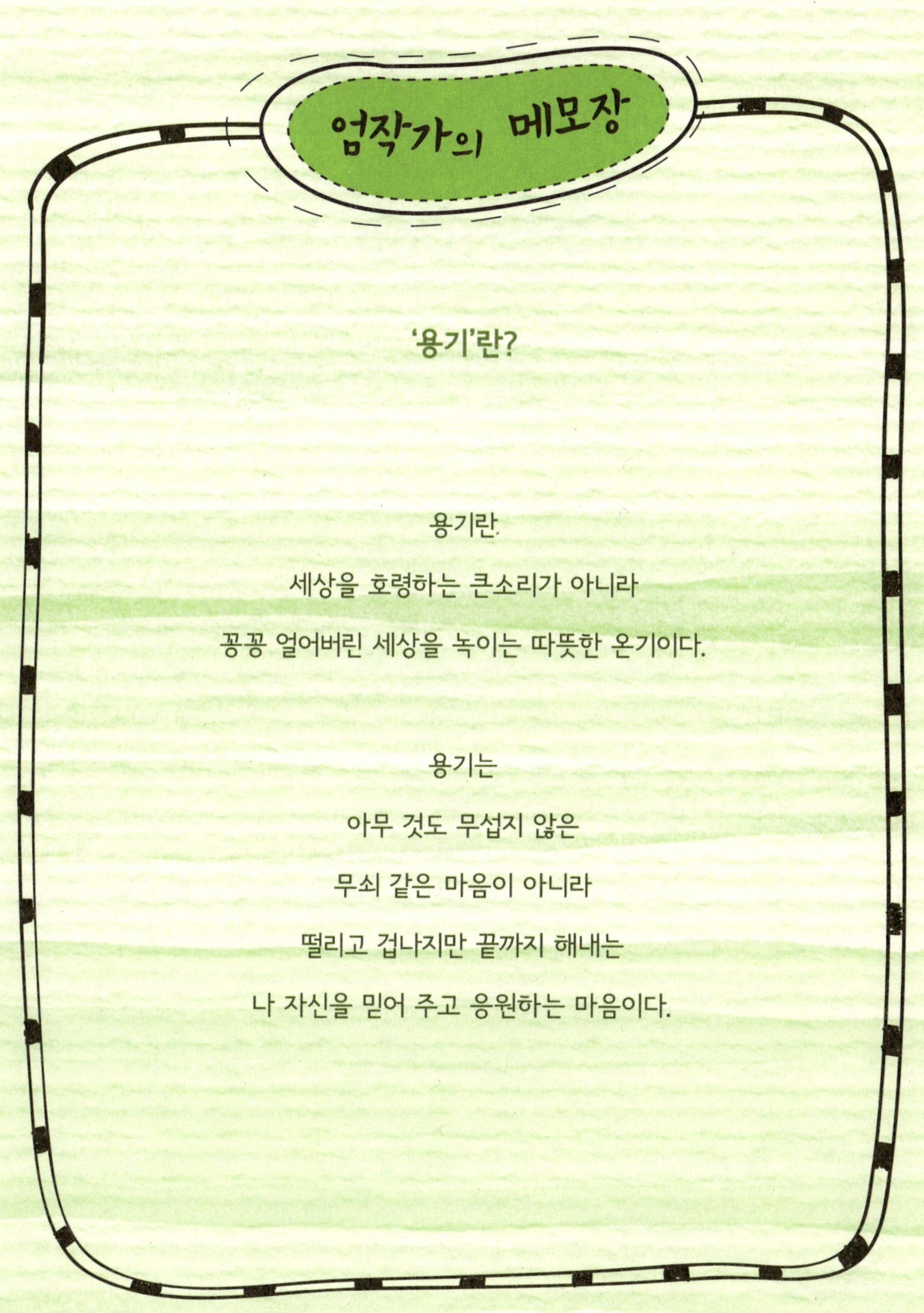

'용기'란?

용기란

세상을 호령하는 큰소리가 아니라

꽁꽁 얼어버린 세상을 녹이는 따뜻한 온기이다.

용기는

아무 것도 무섭지 않은

무쇠 같은 마음이 아니라

떨리고 겁나지만 끝까지 해내는

나 자신을 믿어 주고 응원하는 마음이다.

꿈
- 세상을 바꾸는 1000개의 직업

박원순을 말하는 데 있어 중요한 개념 중 하나가 '세상을 바꾸는 1000개의 직업' 입니다. 어린이들에게 설명 부탁드립니다. 또 평범한 사람들은 세상을 바꾸는 것은 특별한 삶이라고 생각하는 것 같아요. 그럼에도 불구하고 모두가 '꿈'을 꿔야 한다면 왜일까요?

'세상을 바꾸는 1000개의 직업'은 상상력에 대한

이야기입니다. 새로움을 꿈꾸는 삶에 대한 이야기입니다. 직업은 우리 자신을 잘 표현해 줍니다. 어떤 직업을 가지고 사는지가 어떤 사람인지를 말해주는 기준이 됩니다. 우리는 누구나 일하는 기쁨을 누려야 합니다. 일을 하는 것은 숭고하고 아름다운 것이기 때문이죠.

평범한 사람들이 세상을 바꾸는 꿈을 꾸는 것을 원하지 않을지도 모른다고 했는데 아닙니다. 평범한 삶이 자꾸 위협을 받기 때문에 우리는 꿈을 꾸어야 하는 것입니다. 자신이 하고 싶은 일을 하는 소중한 꿈, 사랑하는 사람과 행복하게 살고 싶은 간절한 소망을 지켜기 위해서 꿈꾸는 것입니다. 우리의 꿈은 특별한 것이 아니라 누구나 일한 만큼 보상을 받고 사랑과 관심을 나누며 서로를 보살필 수 있는 상식적인 삶입니다.

가슴 뛰는 일에 모든 것을 걸어라

나는 낙천적인 사람입니다. 자신이 진정으로 좋아하는 직업을 찾으라고 말해요. 가슴 뛰게 만드는 일에 모든 것을 걸라고 이야기해요. 남들이 가지 않는 삶의 가장자리라도 절실한 꿈을 좇는다면 언젠가는 이뤄진다고 용기를 줍니다.

물론 그런 낙천성이 거부반응을 일으키는 경우도 많이 있어요. 가뜩이나 힘든 사람들 입장에선 현실감 없는 주장으로 비칠 수도 있어요. 평범하게 살고 싶은 사람들은 세상을 바꾸라는 말이 부담스럽게 느껴질 지도 모르겠어요. 하지만 두려움을 이기지 못하면 새로운 일은 영영 일어나지 않습니다.

그래서 사람들을 직접 만나 '세상을 바꾸는 1000개의 직업'을 제안한 거예요. 나의 아이디어를 다 나눠주고 있는데 전혀 아깝지 않습니다. 상상의 힘을 보고, 듣고, 느끼게 하고 싶기 때문이죠. 다행히 반응이 나쁘지는 않아요.

예를 들면 내가 제안한 아이디어 중에 훈훈한 기사를 전문적으로 다루는 '굿뉴스 사업'이 있었어요. 뉴스를 보면 늘 슬프고 화나는 일뿐이라 즐겁고 따뜻한 이야기로 가득한 뉴스를 듣고 싶다는 아이디어를 냈죠. 강연을 듣고 당장 블로그를 개설했다는 친구가 나타났습니다.

울보가 바보를 만났을 때

어린이들뿐 아니라 우리 모두가 남의 눈을 의식해서 움직이는 체면문화가 문제입니다. 자신의 가슴이 하는 말보다는 다른 사람

의 평가에 귀를 기울이죠. 체면을 중시해서 하고 싶지 않은 일을
하거나, 하고 싶은 일을 하지 못하는 경우가 많아요. 어릴 때부터
우리는 남의 눈에 길들여져 있어요. 다른 사람의 생각을 내 꿈으
로 강요받고, 다른 사람의 취향을 내 개성으로 세뇌당해요. 그 사
이 온전한 나의 꿈, 특별한 나의 개성이 사라져 버립니다. 내 인생
에 내가 없어지는 것입니다.

'부의 격차'보다 무서운 것은 '꿈의 격차'라고 합니다. 물감이
없으면 그림을 못 그리듯이, 꿈이 없으면 미래를 그릴 수 없어요.
그런데도 우리는 어린이들에게 눈에 가림막을 하고 달리는 경주
마가 될 것을 요구해요. 좌우의 시야를 가린 채 그저 공부만하라

고 채찍질해요. 꿈이 채찍을 맞는 사회에 과연 희망이 있을까요?

어린이들까지 남의 눈을 의식하게 만든 것은 눈치 보며 살아온 어른들의 잘못입니다. 부모들은 자녀가 남들이 부러워하는 학교, 직장에 들어가 '안전빵'으로 살기를 기대합니다. 그런데 이 사랑이 바로 자녀의 미래를 가로막습니다. 자신을 표현하는 개성만점 직업은 꿈도 꾸지 못하죠. 나는 이런 이야기를 할 때마다 곧잘 고구려의 평강공주를 예로 들어요. 평강공주가 신랑 고르듯 직업을 선택하라는 것입니다.

평강공주는 멀쩡한 남자들은 다 놔두고 바보 온달을 자신의 남편으로 정했습니다. 공주는 온달에게서 남다른 포부를 읽었어요. 울보 공주는 바보 온달과 함께 새로운 고구려를 꿈꾸죠. 만약 평강공주가 이름 있는 집안의 남자와 결혼했다면 파벌싸움의 소용돌이에 휘말렸을 거예요. 몸은 좀 편할지 몰라도 옴짝달싹 못하는 처지가 됐을 게 분명합니다. 그녀는 내일을 보는 현명함으로 자신의 길을 걸어갔습니다.

나의 삶을 상상하라

인생에는 수많은 길이 있습니다. 여러 갈래 길이 사방으로 뻗어 있어요. 그 중에는 사람이 많이 다니는 길이 있는가 하면, 인적이 드물고 잡초가 우거진 길도 있어요. 한 직업선호도 조사를 보면 한국 젊은이들은 학교, 관공서, 대기업 등으로 몰린답니다. 수입과 안정성이 보장된 길로만 가려고 해요. 사람이 많이 다니는 길이라야 주위의 기대에 부응할 수 있다고 믿습니다.

그러나 나는 사람이 적게 가는 길을 택하라고 해요. 가장자리로 가라고 해요. 자신이 원하는 것을 찾아 마음껏 꿈을 펼치라고, 자신의 가능성을 찾아 도전하라고 말해요.

훗날에, 훗날에 나는 어디에선가
이야기 할 것입니다.
숲속에 두 갈래 길이 있었노라고
나는 사람이 적게 간 길을 택하였노라고
그리고 그것 때문에 모든 것이 달라졌노라고.

– 로버트 프로스트 '가지 않은 길' 중에서

사람이 적게 다니는 길을 택하면 보상을 받기가 어려울 것이라는 걱정도 있어요. 그럼에도 내가 이 길을 권하는 건, 남의 눈에 갇혀 있는 우리 자신을 돌아보자는 뜻입니다. 자신의 삶을 스스로 상상하지 못하는 사람에게 미래란 없습니다.

　노력에 대한 적절한 보상도 필요하지만, 인생의 가치는 결국 얼마나 보람 있게 살았느냐에 달려 있어요. 내가 꿈꾸는 사람을 응원하는 것은 그런 이유입니다. 새로운 세상이 거기서 출발한다고 나는 믿습니다.

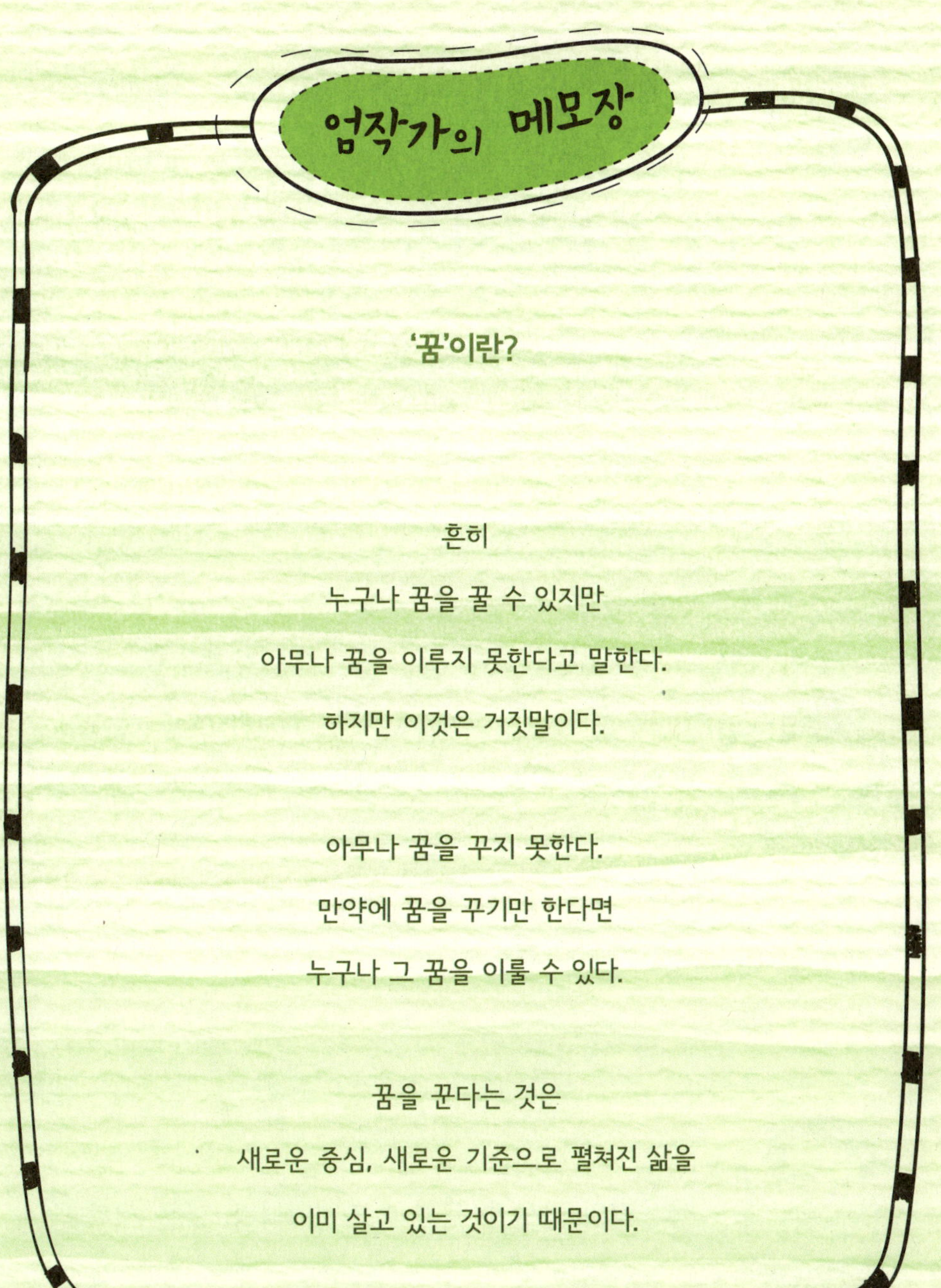

'꿈'이란?

흔히

누구나 꿈을 꿀 수 있지만

아무나 꿈을 이루지 못한다고 말한다.

하지만 이것은 거짓말이다.

아무나 꿈을 꾸지 못한다.

만약에 꿈을 꾸기만 한다면

누구나 그 꿈을 이룰 수 있다.

꿈을 꾼다는 것은

새로운 중심, 새로운 기준으로 펼쳐진 삶을

이미 살고 있는 것이기 때문이다.

배움
- 세상을 보는 고마운 바탕

박원순은 재밌는 생각이 샘솟는 사람으로 유명합니다. 아이디어를 얻는 특별한 방법이 있는지 궁금합니다. 우리 어린이들이 어떻게 하면 상상력이 풍부하고 아이디어가 넘치는 사람이 될 수 있을까요?

상상력의 근원은 생각과 경험입니다. 많은 생각과 다양한 경험이 아이디어를 떠오르게 하죠. 나에게는 상상력 창고가 있습니다. 그 중에서도 책은 가장 대표적인 상상력 창고입니다. 책은 책장을 덮고 있으면 조용하지만, 일단 책장을 열면 많은 이야기를 쏟아내는 수다쟁이입니다. 나는 그 이야기를 듣고 새로운 생각을 떠올리기도 하고, 생각을 정리하기도 한답니다.

나는 우리 어린이들이 책과 친해지면 좋겠습니다. 책에는 지혜로 통하는 비밀통로가 있고, 인생의 진리를 캐는 방법들이 담겨 있어요. 독서란 단지 책을 들고 시간을 보내는 것이 아니라, 우리의 인생 선배들이 앞서 걸어간 발자국을 더듬는 일이죠. 그런데 요즘 어린이들은 책을 가까이 하지 않는다는 걱정을 많이 들려요. 또 책에 관심이 있어도 책을 볼 시간이 없다는 어린이들의 볼멘소리도 들립니다.

어린이가 책을 읽지 못하는 이유는 너무나 많습니다. 하지만 어린이 스스로 그런 장애물을 넘어 책을 가까이 하려고 노력해야만 해요. 계획한 만큼 다 읽지는 못하더라도, 책을 어린이 여러분 주변에 놓아둘 것을 권하고 싶어요. 읽고 싶은 책, 읽어야 할 책, 읽은 책에 둘러싸여 있으면, 자신도 모르는 사이에 좋은 생각이 떠오를 것입니다.

모으고, 정리하고, 기록하라

내가 머무는 곳은 집이든, 사무실이든 온통 책과 자료가 가득합니다. 책꽂이마다 책이 빼곡히 들어차 있고 자료들이 곳곳에 쌓여 있습니다. 학교, 시민단체, 관공서, 기업체 등에서 보내온 온갖 제안서도 뒤섞여 있어요.

나는 종종 침낭을 준비해 사무실에서 밤을 지새웠습니다. 책과 자료들을 정리하고 기록으로 남기기 위해서였죠. 수집하고, 정리하고, 기록하고…. 소셜디자이너로서 나의 직업병이자 상상력의 바탕이랍니다.

영국의 식민지배에 맞서 인도의 독립운동을 이끈 마하트마 간디는 '내 전문분야는 행동'이라고 강조했어요. 그의 행동주의 철학 뒤에는 튼튼한 사상적 기초가 있었죠. 그것은 간디가 언제 어디서나 책을 가까이한 덕분입니다. 영국과 남아프리카에 머물 때도, 감옥에서도 손에서 책을 놓지 않았어요. 그는 책을 통해 폭력에 저항하는 시민 불복종 운동을 배웠고, 독서를 바탕으로 인간과 사회를 깊이 이해하게 되었어요.

폭설주의보가 반가운 이유

　내가 가는 곳은 어디든 책이 많습니다. 나의 상상력 창고에는 책으로 가득해요. 책과 자료에 대한 나의 욕심은 끝이 없습니다. 영국과 미국에서 공부할 때 나는 책 수집광이었어요. 런던과 보스턴의 헌 책방들을 문지방이 닳도록 들락거렸답니다. 당시 런던은 물가가 비싸 마음대로 책을 사기 어려운 곳이었어요. 새 책은 엄두가 나지 않아 주로 헌책방을 누비고 다녔죠. 하지만 헌 책도 무조건 싸구려는 아니었어요. 책의 희귀성, 발행연도 등을 고려해 가격이 매겨져 있죠.

정말 사고 싶은 책은 들었다 놨다 반복하다가 겨우 몇 권 사오
는 정도였습니다. 돈은 없는데 사고 싶은 책은 많았던 시절이었어
요. 읽고 싶은 책이 있는데 돈이 없으면 그냥 그 옆을 지켰어요.
혹시 누가 사가면 어쩌나 마음 졸이면서 말이죠.

1년 후 하버드대 객원연구원(Visiting Fellow)이 되어 보스턴으로
옮기니 사정이 좀 나아졌습니다. 미국은 영국보다 물가가 훨씬 싸
서, 책 구입이 조금 쉬웠어요. 게다가 객원연구원에게는 도서관
자료를 마음대로 복사할 수 있는 권한이 주어졌어요.
　책을 읽다가 못 읽은 부분은 복사를 했답니다. 낮에는 사람들
이 오가니 밤에 복사를 하고 오전 내내 잠을 자는 올빼미 신세였
죠. 눈이 너무 많이 와서 폭설주의보가 내려지면 무지 즐거웠어
요. 눈보라 때문에 아무도 학교에 나오지 않으면 복사기는 하루
종일 내 차지였기 때문이었습니다.

상상력은 신발에서 나온다

평범해 보이는 것일수록 비밀을 깊숙이 숨기고 있습니다. 우리
는 익숙함 때문에 그 속에 깃든 의미를 무시하는 경우가 많죠. 하
지만 평범한 것에서 비범함을 찾는 것이야말로 천재의 비법이랍

니다. 모든 창조적 생각은 적극적인 관찰에서 출발해요. 일상에서 우연히 부딪히는 모든 것들이 위대한 상상의 씨앗이죠. 평범함 속에서 특별함을 찾아내는 일, 거기서부터 세상이 바뀝니다.

나는 책상 앞에만 있으면 반짝이는 아이디어를 찾기 어렵다고 생각해요. 사무실 안에 갇혀 있는 것보다 신발을 신고 밖으로 나가야 더 좋은 생각이 떠오를 때가 있죠. 상상력은 현장을 보고, 듣고, 느끼고 다니는 신발에서 나오기도 합니다. 작은 것도 소중히 여기는 마음이 어디에서든 희망을 찾아내는 안테나 구실을 해요.

나에게 세상은 놀라움으로 가득 찬 곳입니다. 길을 걷다가 깨진 보도블록이라도 보이면 지체없이 카메라에 담습니다. 도로 귀퉁이에 소담스레 피어난 질경이꽃과 인사를 나누고 뺨을 스치는 바람에 하늘 한 번 올려다보곤 해요. 발로 뛰며 몸으로 익힌 상상이 더 큰 배움을 완성한다고 확신합니다.

상상력이라고 하면 머리로만 하는 일이라고 생각하기 쉽습니다. 하지만 나의 경험에 비춰 볼 때 상상력은 머리와 발의 완벽한 합작품이에요. 발품을 팔지 않으면서 새로운 생각을 얻는 것은 있을 수 없는 일이죠.

　상상력은 신발에서 나온답니다. 직접 느끼고 만지고 다가갈 때 더 좋은 아이디어가 나오죠. 그래서 어린이들은 신발이 많아야 해요. 예쁜 신발, 비싼 신발이 아니라, 상상력을 키우는 신발을 신고, 사람을 만나고 자연을 만나야 합니다.

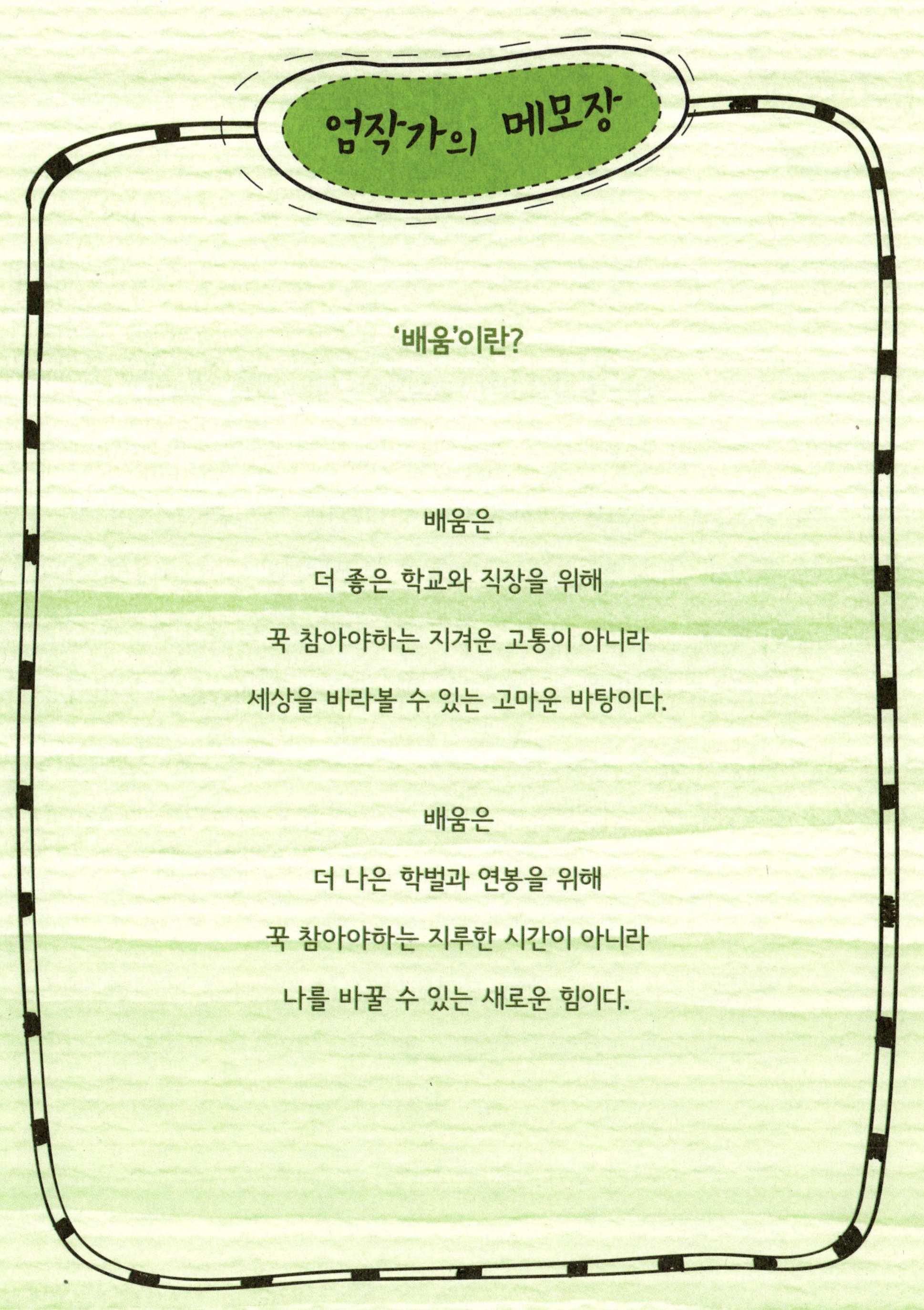

엄작가의 메모장

'배움'이란?

배움은

더 좋은 학교와 직장을 위해

꼭 참아야하는 지겨운 고통이 아니라

세상을 바라볼 수 있는 고마운 바탕이다.

배움은

더 나은 학벌과 연봉을 위해

꼭 참아야하는 지루한 시간이 아니라

나를 바꿀 수 있는 새로운 힘이다.

✳ 어린이 '상상력'을 배우다

상상력은 인간만이 갖고 있는 특별한 능력입니다. 우리는 상상력을 통해 현실에 존재하지 않는 것을 생각할 수 있어요. 따라서 상상력은 모든 새로움의 시작입니다. 그러나 상상력의 가장 큰 힘은 우리가 직접 경험하지 않고도 다른 사람의 삶에 공감할 수 있도록 해 주는 것입니다.

상상력에도 용기가 필요합니다. 새로움을 선택할 용기가 있어야 합니다. 상상력에도 배움이 필요합니다. 상상력은 그냥 공상이 아니라 배우고 익히는 것입니다. 상상력에도 노력이 필요합니다. 다른 사람의 삶에 공감하려는 성실함이 있어야 합니다.

빌 게이츠는 누가 자신의 성공비결을 물으면 스스럼없이 도서관을 말하고, 그곳이 상상력 창고였다고 고백합니다. 위대한 상상에는 튼튼한 상상력 창고가 필요합니다. 그곳에서 우리는 자신의 인생과 세계를 그려 나갈 수 있습니다. 박원순의 상상력 창고에는 어떤 책이 들어 있는지 살펴볼까요.

* 박원순의 상상력 창고

최인수 《창의성의 발견》

'한국적 창의성'에 대해 연구하는 저자는 '육하원칙'에 따라 창의성을 찾아갑니다.

- '누가', 어떤 사람이 창의적인가?
- '언제' 창의성이 발달하는가?
- 창의성은 '어디에' 존재하는가?
- 창의성의 본질은 '무엇'인가?
- 창의성은 '어떻게' 높아지는가?
- 창의적인 사람들은 '왜' 몰입하는가?

정민 《다산선생 지식경영법》

다산 정약용은 유배생활 18년간 수많은 책을 썼습니다. 척박한 환경에서, 공부에 몰두하느라 방바닥에서 떼지 않았던 복사뼈에 세 번이나 구멍이 났다고 합니다.

그는 어떻게 그렇게 많은 분야에서 동시에 탁월한 성취를 이뤄낼 수 있었을까? 저자는 그 답을 정보를 수집하고 배열해 체계적이고 유용한 지식으로 가공하는 '지식 경영의 힘'에서 찾았습니다. 무슨 일이든 시작하기 전에 먼저 전체 그림을 그린 것이 다산 정약용의 특징이라고 말합니다. 핵심과 흐름을 잡아내는 지식경영, 토론하고 논쟁하는 지식경영, 실용성을 갖춘 지식경영, 독창성을 추구하는 지식경영, 효율성을 강화하는 지식경영 등으로 나눠, 독자들의 삶을 새롭게 해줄 정보습득의 방법들을 알려줍니다.

마더 테레사 《생명이 있는 모든 것들에게》

마더 데레사의 강연을 엮은 책입니다. 그녀는 가난한 나라에만 굶주린 사람들이 있는 것이 아니라 부유한 나라에도 얼마든지 사랑에 굶주린 사람들이 있다고 말합니다. 수녀님 말씀에 따르면, 헐벗은 사람이란 초라한 옷차림을 한 사람이 아니라 인간의 존엄성을 잃어버린 사람이며, 집이 없는 사람이란 지붕이 있는 방에서 지내지 못하는 사람이 아니라 이웃에 소외된 고독한 사람입니다.

어떤 사람이 수녀님에게 물었습니다. "도대체 가난한 사람의 빈곤은 언제 없어지는 것일까요?" 수녀님은 당신과 내가 함께 나누기 시작할 때라고 대답했습니다. 마더 데레사 수녀님의 평생에 걸친 헌신은 '생명이 있는 것들'의 소중함을 되살려냈습니다.

랠프 팔레트 《위대한 역경》

우리는 흔히 인생에서 우리를 짓누르는 역경만 없다면 얼마나 살기 좋을까 하고 생각합니다. 하지만 저자는 우리가 경험하는 역경이야말로 인생 최고의 교과서요, 배움의 장이라고 강조합니다. 우리는 모두 인생을 시작하기 위한 기초를 '경험'이라는 선생님에게 배우게 됩니다. 여러분이 지금껏 부딪쳐 온 어려움에서 무엇을 배웠다면 앞으로 나아가는 법을 알 수 있을 것이고, 배운 것이 없다면 다시 한 번 같은 어려움이 찾아 와 혹독한 가르침을 줄 것입니다.

삶에 있어 어려움은 누구에게나 찾아옵니다. 때로는 진학 문제로, 때로는 건강 문제로, 때로는 인간관계를 통해... 인생이란 수없이 많은 어려움들을 어떻게 넘어가느냐의 문제이므로 이 어려움을 해결하는 능력이 바로 성공을 말해준다고 할 수 있습니다.

아름다운 인생,
나눔

나눔
– 인류의 가장 위대한 발명품

오늘날 우리의 삶을 들여다보면 돈이 큰 힘을 가지고 있다는 것을 알 수 있습니다. 인생에 있어 돈은 무엇입니까? 또 '나눔'이 인류의 위대한 발명품이라 말씀하셨는데 그 뜻이 궁금합니다.

오직 돈이 유일한 기준이 되어, 모든 것의 의미와 원칙을 퇴색시키고 왜곡시키는 것을 우리는 '물질

만능주의'라고 합니다. 나는 분명히 말할 수 있어요. '나눔'이 우리 사회의 이러한 문제를 해결해 줄 답이라고 생각합니다. 인류는 삶을 아름답게 만드는 위대한 발명품을 스스로 창조했어요. 그것이 바로 '나눔'이랍니다.

돈은 참 중요합니다. 그럴수록 돈에 대한 생각은 더 중요하죠. 특히 어린 시절은 경제에 대한 건강한 생각을 키우는 시간이어야 합니다. 돈은 우리가 살아가기 위해 꼭 필요한 것이기 때문이죠. 경제력은 어떤 의미에선 성실하게 인생을 살고 있다는 증거와 같아요. 그런데 무조건 돈을 가지고 싶다는 욕망만 있고, 돈이 가지고 있는 진정한 가치를 모른다면 큰일입니다. 돈은 올바르게 쓰일 때 가치가 빛나고, 소중한 사람에게 쓰일 때 행복이 커집니다.

이제 눈 좀 돌려봐

지난 날 나에게는 나름 괜찮은 변호사라는 자부심이 있었습니다. 약자를 변호하는 변호사였고, 여러 단체에 기부금을 냈으며, 주위 사람들의 어려운 사정을 나 몰라라 하지도 않았어요. 하지만 돈 버는 재미에 빠지다보니 차츰 뭔가 잘못되고 있었습니다. 창 밖에 하늘이 있는지, 나무가 있는지 관심 없었어요. 나도 모르게 더 비싼 차, 더 으리으리한 집을 찾고 있었죠.

　그런 나에게 잊지 못할 순간이 찾아왔습니다. 나에게는 믿고 존경하던 멘토가 있었는데, 조영래 변호사가 바로 그분입니다. 그는 군사독재에 맞서 민주화를 위해 헌신했던 운동가이자, 인권문제에 노력을 아끼지 않았던 변호사였습니다. 조영래 변호사가 폐암 진단을 받고 병원에 입원했다는 말을 듣고, 나는 한 걸음에 선배에게 달려갔습니다. 암과 싸우면서도 조 변호사는 웃음을 잃지 않았어요. 밝은 표정으로 이야기를 하다가 내게 문득 이런 말을

건넸습니다.

"박 변호사, 돈 버는 것도 좋지만 이제 눈 좀 돌려봐."

나의 삶을 지탱하던 기둥이 쿵하고 쓰러진 후, 나는 선배의 삶을 곱씹으며 자신을 되돌아보았습니다. 그리고 그가 남긴 한 마디를 떠올렸답니다. 처음 들었을 때는 농담처럼 흘려들은 말이 막상 조영래 변호사가 세상을 떠나자 천근만근 가슴을 짓눌렀어요. 그러다가 가슴에서 질문 하나가 조용히 흘러나왔습니다.

'내 인생에 돈은 무엇인가?'

두 번 다시 부자로 돌아가지 않겠다

마침내 나는 변호사 일을 접고, 유학을 떠나기로 결심했습니다. 여러 가지를 알아본 끝에 내가 선택한 곳은 영국 런던정경대학의 국제법 디플로마 과정이었어요. 학교생활도 좋았지만 사실 학교 밖에서 더 많이 배웠습니다. 프랑스, 독일, 이탈리아 등을 다니며 '살아있는 공부'를 했어요. 유럽의회에서 여는 세미나에도 참석하고, 국제사면위원회에서 자원봉사도 하면서 세상을 보는 안목을 넓혔습니다.

사랑은

가을을 끝낸 들녘에 서서

사과 하나 둘로 쪼개

나눠 가질 줄 안다

너와 나와 우리가

한 별을 우러러보며.

– 김남주 '사랑은' 중에서

그렇게 공부하고 돌아왔습니다. 이후 나는 두 번 다시 부자로 돌아가지 않았어요. 비싼 자동차 대신 버스와 지하철을 타고 다니며 시민운동을 펼치고, 으리으리한 집 대신 전국 곳곳의 교회와 절에서 잠을 잤어요. 내 차와 내 집이 아니라도 고마운 마음을 간직하면 언제든 나눠 쓸 수 있는 것이 많았답니다. 그 단순한 진리를 알게 된 후 나는 부자일 때보다 훨씬 더 행복해졌습니다.

수평의 유전자를 깨워라

어린 시절 나는 못 말리는 장난꾸러기였어요. 늘 사건 사고가 끊이지 않았죠. 천지에 널린 논밭이 놀이기구였고, 사방에 자라는 농작물이 장난감이었어요. 밀서리와 수박서리는 기본이고, 공연히 남의 집 멀쩡한 고추를 댕강 자르기도 했죠. 어린 내가 사고를 치면, 부모님이 대신 이 집 저 집 사과하러 다녀야 했습니다.

부모님은 농사꾼이었습니다. 부자는 아니지만 부지런하게 살림을 꾸렸죠. 나는 그런 부모님에게서 소중한 삶의 철학을 배웠어요. 가진 게 별로 없어도 이웃과 나눌 수 있다는 것을 직접 보면서 자랐습니다. 나는 부모님으로부터 수평의 유전자를 물려받았습니다.

그 때 우리 집은 동네 사랑방 역할을 했어요. 나는 부모님이 오갈 데 없는 나그네를 재우고, 형편이 어려운 이웃과 먹을 것을 나누는 모습을 보면서 자랐답니다. 거지가 찾아오면 쌀독 밑바닥까지 박박 긁어서 주었어요. 어머니가 쌀을 퍼주면 거지에게 갖다 주는 일은 내 몫이었죠. 이것이 바로 수평의 시대가 가진 아름다움이었습니다.

오늘날 수직의 시대는 사람과 사람의 관계가 끊어져 있어요. 수직의 시대는 등수가 매겨지는 것이 특징입니다. 무엇을 하든 1등이 되어야 한다는 생각이 우리를 지배하고 있죠. 겉으로는 모두 잘 사는 것 같지만, 속으로는 몸과 마음이 힘든 사람이 점점 더 늘어나는 것은 이 때문입니다.

내가 행복하기 위해서는 남의 불행에 무관심하면 안 됩니다. 수평의 관점에서 보면 우리는 모두 하나로 연결되어 있습니다. 우리 모두가 거대한 하나의 몸이라고 생각해 보세요. 몸의 어느 부분이 고통스럽고 아픈데 다른 곳이 건강하고 튼튼할 수는 없는 일이죠.

만약 머리가 영양분을 독차지하고 다리에는 아주 조금만 준다면 우리는 제대로 걸어 다닐 수도 없는 몸이 됩니다. 인류를 구원할 위대한 발명품이 나눔이라고 한 것은 이런 뜻에서 한 말입니다. 건강하고 튼튼한 사회를 만들기 위해서는 구석구석까지 '나눔'이 이루어져야 합니다.

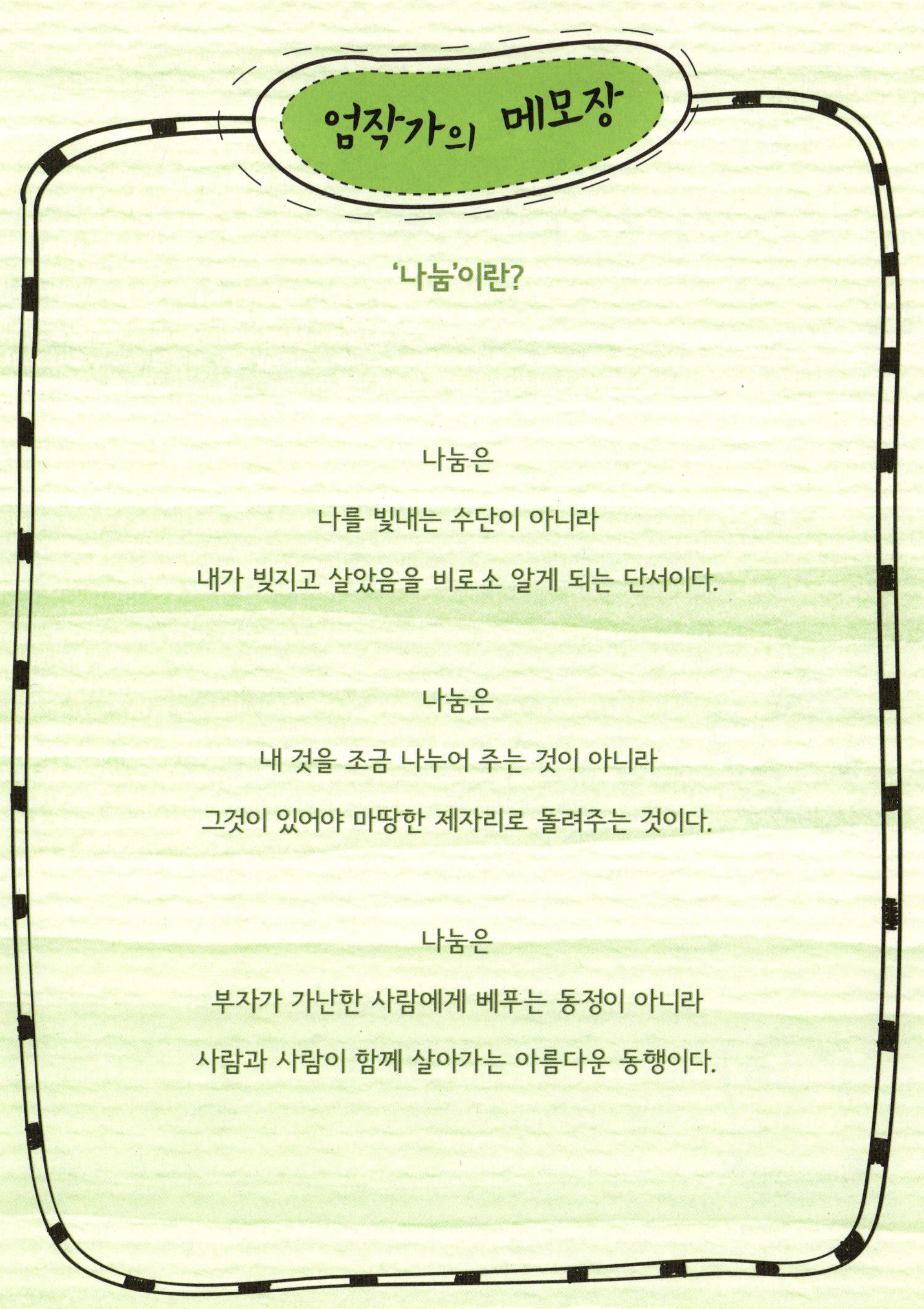
엄작가의 메모장
'나눔'이란?
나눔은
나를 빛내는 수단이 아니라
내가 빚지고 살았음을 비로소 알게 되는 단서이다.
나눔은
내 것을 조금 나누어 주는 것이 아니라
그것이 있어야 마땅한 제자리로 돌려주는 것이다.
나눔은
부자가 가난한 사람에게 베푸는 동정이 아니라
사람과 사람이 함께 살아가는 아름다운 동행이다.

실패
- 도전의 또 다른 이름

박원순은 소위 말하는 엘리트 코스를 밟은 사람입니다. 좋은 학교를 나와 좋은 직업으로 순조롭게 이어간 사람처럼 보이죠. 박원순에게도 실패가 있었나요?

물론 나에게도 실패가 있었습니다. 지금도 크고 작은 어려움이 나를 괴롭히고 있지요. 어려움 속에 있을 때 누군가의 따뜻한 말 한 마디는 얼어붙었던 마음을 녹입

니다. 페이스북을 하다 보면 생각이 예쁜 친구들을 종종 만난답
니다.

– 페이스북 담벼락에 남긴 글

　햇볕만 쨍쨍 내리쬐는 날이 계속 된다면, 삶은 사막처럼 변할
것입니다. 살다보면 비바람이 몰아치는 궂은 날도 있어요. 하지만
얼굴 찌푸릴 필요 없습니다. 비가 그치면, 촉촉한 땅 위로 새싹이
돋고 무지개가 뜰 테니까요.
　실패는 사람을 가리지 않습니다. 남녀노소 차별하지 않아요.
실패가 찾아왔다고 해서 원망할 이유가 없습니다. 실패 앞에 당
당히 마주서는 것이야 말로 꿈에 다가가는 첫걸음이기 때문입니
다.

고등학교 재수하다

　내 이야기를 시작해 볼게요. 이것은 실패의 이야기이면서 동
시에 도전의 이야기입니다. 중학교 졸업을 앞두고, 공부에 자신이

좀 있었던 나는 서울의 경복고등학교를 목표로 삼았어요. 밤기차를 타고 설레는 마음으로 서울에 올라왔지만, 촌놈이 명문학교에 들어가는 것은 너무나 어려운 일이었습니다. 보기 좋게 떨어지고 말았죠. 그 후 1년 동안 재수를 해야 했습니다.

진학실패는 마음에 큰 상처였죠. 하지만 인생의 첫 실패는 장난꾸러기로만 살아온 나를 훌쩍 자라게 만들었답니다. 다음 해에는 목표를 더욱 높였습니다. 당시 대한민국에서 최고라는 경기고등학교에 들어가리라 마음먹었습니다.

목표를 세우고 나니 할 일은 딱 하나밖에 없었습니다. 쉬지 않고 책과 씨름했어요. 양말을 갈아 신는 것도 잊어버려 발바닥이 하얗게 뜰 지경이었죠. 그렇게 끈기 있게 매달린 보람이 있어 결국 경기고등학교에 들어갈 수 있었어요.

그 시절에 경기고등학교 합격은 정치가, 판검사, 의사, 교수, 기업가 등 이른바 엘리트 자리를 예약하는 것이나 마찬가지였습니다. 실제로 입학해 보니 친구들은 온통 잘 나가는 집안의 자식들이었어요. 가난한 농사꾼의 아들인 나는 주눅이 들 만한 환경이었죠.

나는 입학하자마자 동아리 활동을 열심히 했어요. 문학, 도서,

웅변, 불교 등 한꺼번에 여러 곳에 들어갔죠. 당연히 학교 성적이 점점 나빠졌습니다. 그래서 이대로는 안 되겠다는 생각에 2학년이 되자 머리를 빡빡 깎고 다시 공부에 몰두했어요. 그런데 밀린 공부를 따라잡으려고 너무 무리를 했는지, 몸에 이상이 찾아왔어요. 뼈만 앙상하게 남았는데, 병원에 가니 결핵성 늑막염이라는 진단이 나왔어요. 의사는 공부고 뭐고 무조건 쉬라고 했습니다.

3학년이 되었지만 대학을 포기하고 시골로 내려갔습니다. 생명을 위협하는 무서운 병을 만나서 무척 힘들었습니다. 하지만 나는 부모님을 생각하며 주먹을 불끈 쥐었답니다. 논밭에서 고생하시는 부모님의 모습에 철이 든 것이죠.

시골의 맑은 공기를 마시고, 몸에 좋은 음식을 먹으니 병도 씻은 듯이 나았답니다. 이듬해 당당하게 서울대학교 학생이 되었어요. 고향마을에서는 흥겨운 잔치가 벌어졌습니다.

그들도 그냥 또래 친구

봄날의 들뜬 기분은 그리 오래가지 않았습니다. 대학 신입생 시절 느닷없이 감옥에 끌려갔어요. 감옥에 가기 전까지 나는 어려운 환경을 극복하고 성공이 보장 된 길에 들어선 사람이었어요. 흔한 말로 개천에서 난 용이었습니다.

1975년 5월 22일, 나는 학교에서 경찰에 끌려갔어요. 김상진 열사 장례집회(일명 '오둘둘 사건')에 참석했다가 붙잡힌 거예요. 물론 나는 시위 주동자도, 운동권 학생도 아니었어요. 도서관에서 책을 보다가 아무 것도 모르고 가담했을 뿐이었습니다.

감옥살이를 하는 동안, 살인·강도·소매치기 등 온갖 죄를 저지른 범죄자들과 함께 지냈습니다. 처음에는 덜컥 겁이 났죠. 밤에 해코지를 당하면 어쩌나 불안해서 잠을 제대로 자지도 못했습니다. 그러나 시간이 흐르자 그들도 원래 순박한 사람들이라는 걸 알게 되었어요. 징역이 확정돼 교도소로 떠나는 친구가 나오면 서로 부둥켜안고 눈물을 흘렸답니다. 흉악한 범죄를 저지른 범죄자라고는 도저히 믿기지 않았죠.

그들과 대화를 나누며 친하게 지냈어요. 또래의 친구들에게서 사회의 실상을 생생하게 들을 수 있었습니다. 거기 있는 사람들도 나쁜 환경만 바꿔 준다면, 착하게 살아갈 수 있으리라는 믿음을 가지게 되었어요.

감옥에서 책을 읽다

감옥에서의 생활이 조금 익숙해지자 독서에 빠졌습니다. 특히 《싯다르타》를 읽고 책장을 덮던 그 순간이 지금도 선명하게 기억납니다. 그 순간 나를 지키던 교도관이 감옥 안에 있고, 내가 바깥세상을 자유롭게 걸어다니는 기분이 들었습니다. 석가모니의 가르침대로 세상만사가 모두 마음먹기에 달렸다는 것을 깨달았어요.

　나에게도 실패가 있었습니다. 아니 그 누구보다 많은 어려움이 나를 기다리고 있었죠. 지금도 몸과 마음을 흔드는 시련의 바람은 그치지 않고 나를 향해 불어오고 있습니다.

　훌륭한 대장장이는 강철을 얻기 위해 끝없이 망치질을 반복합니다. 철은 수많은 망치질을 견디면서 강철로 다시 태어납니다. 인생도 마찬가지죠. 실패는 우리를 강하고 단단하게 만듭니다.

　지난 시절 거듭된 진학실패와 느닷없는 감옥살이가 나를 힘겹게 했습니다. 하지만 그런 경험을 통해 세상을 헤쳐 나가는 힘을 얻을 수 있었습니다. 고통에 가까워지며 비로소 따뜻한 마음으로 사람을 대하는 법을 배우게 되었죠. 만약 실패가 없었다면 분명 지금의 나도 없었을 거예요. 실패는 아프고 힘든 것이지만, 인생에 있어서 꼭 필요한 것입니다.

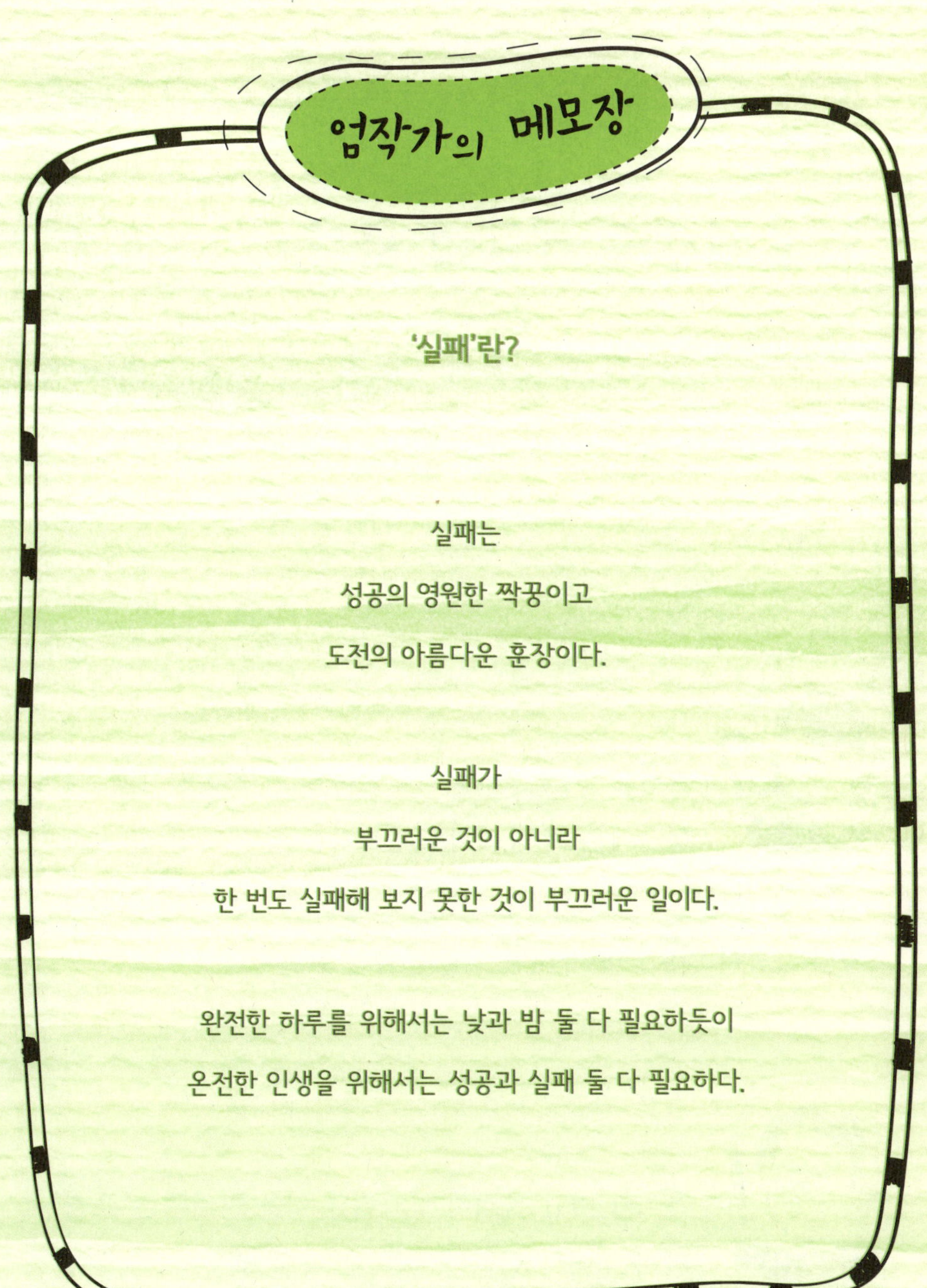

엄작가의 메모장

'실패'란?

실패는

성공의 영원한 짝꿍이고

도전의 아름다운 훈장이다.

실패가

부끄러운 것이 아니라

한 번도 실패해 보지 못한 것이 부끄러운 일이다.

완전한 하루를 위해서는 낮과 밤 둘 다 필요하듯이

온전한 인생을 위해서는 성공과 실패 둘 다 필요하다.

멘토
- 내 인생을 바꾼 그 사람

박원순이라는 이름에 많은 수식어가 붙습니다. 제 생각에는 그 중에서도 멘토라는 말이 가장 잘 어울리는 것 같아요. 박원순에게 멘토란 무엇입니까? 또 우리 어린이들이 훌륭한 멘토를 만나려면 어떻게 하면 좋을까요?

우리가 어떤 목적지에 가려면 길을 알려주는 표지판이 있어야 합니다. 어디로 가면 좋을지 고민 되는 갈림길에서 방향을 일러주는 화살표가 있어야 하죠. 오늘날 우리는 그런 역할을 하는 사람을 '멘토(Mentor)'라고 부릅니다.

내가 우리 어린이들의 멘토가 되는 것은 영광스러운 일인 동시에 무거운 책임감이 드는 일입니다. 내가 걸어온 길이 모두 훌륭한 것은 아닙니다. 하지만 실패하고 넘어진 곳에는 위험 표지판을 세우고, 잘 한 일이 있다면 그곳에는 안내 표지판을 세우면 될 것입니다.

배움의 기초

멘토라는 것은 스승의 입장이고, 멘티는 제자의 입장입니다. 배움은 이 둘이 함께 만들어가는 공동작품이어야 합니다. 스승과 제자라는 말 대신 멘토와 멘티라는 표현을 쓰는 이유는 배움이 학생 때만 하는 것이 아니라 평생 하는 것이 되어야 한다는 것에 있습니다. 우리가 평생 배워야 하는 이유는 무엇일까요? 그것은 돈 잘 버는 직장을 얻고 조건이 좋은 배우자를 얻기 위해서가 아니라, 사람 구실을 제대로 하기 위해서입니다.

배움에서 가장 기초는 모방입니다. 좋은 사람 옆에 있으면 나도 모르게 그와 닮고 싶다는 생각을 하게 되지요. 그의 말과 행동, 생각과 마음까지도 꼭 닮고 싶은 사람을 우리는 멘토라고 부릅니다. 멘토를 어린이 여러분도 잘 알고 있는 속담으로 설명해 보겠습니다.

서당 개 삼 년이면 풍월을 읊는다.

무식한 사람이라도 유식한 사람과 오래 지내면 자연히 세상을 보는 눈이 생긴다는 뜻의 속담입니다. 배움에는 시간과 노력이 필요해요. 밥만 먹고 낮잠만 잔다면 삼년이 아니라 삼십년을 서당에 있어도 풍월을 읊을 수 없죠. 무엇인가를 배우려면 그것이 어떤 것인지 궁금해 하고 익히는 노력이 필요합니다.

나에게도 '멘토'가 있어요. 앞에서도 말했지만, 고등학교 선배이자 법조계의 존경을 한 몸에 받던 조영래 변호사가 그 주인공이랍니다. 조 변호사와의 만남은 내 인생을 바꾼 기회였습니다.

조영래 변호사는 나에게 참 스승이었고, 훌륭한 멘토였습니다. 나는 그의 사무실에서 처음으로 변호사 일을 시작했는데, 그는 사람들의 아픔을 보듬는 데 앞장서는 사람이었어요. 나는 그를

닭고 싶어서 그와 함께 인권변론에 뛰어들었죠.

'인권'이라는 것은 인간으로서 갖는 기본적인 권리를 말합니다. 원칙이 무너진 곳에서는 사회적 약자의 인권이 위협받는 일이 자주 일어납니다. 우리 두 사람은 그런 인권 문제들을 해결하기 위해 노력했습니다.

포기를 모르는 사람

1984년 엄청난 비에 망원동 유수지 수문이 부서졌어요. 동네가 물에 잠기고 수많은 이재민이 발생했어요. 한강이 거꾸로 역류해서 생긴 침수피해였습니다. 비만 왔다하면 항상 물에 잠기는 지역임에도 담당 공무원들이 어떤 대책도 세우지 않았던 거예요.

울화통이 터진 망원동 주민들은 서울시를 상대로 손해배상 청구소송을 냈습니다. 어쩔 수 없는 천재지변이 아닌 사람이 준비를 제대로 못해 일어난 인재라는 주장이었죠. 이 소송은 인권변호사의 역할을 정치 문제에서 주민의 일상생활로 확대시키는 역할을 했습니다.

조영래 변호사와 나는 "책임회피를 일삼는 공권력의 타성에 제동을 걸겠다."는 결심을 했어요. 하지만 싸움은 쉽지 않았답니다. 서울시가 일부러 시간을 질질 끌었어요. 민법상 손해배상 청구시효인 3년을 어떻게 해서든지 넘기려고 했지만, 잔꾀는 통하지 않았죠. 1심 재판부가 망원동 주민들의 손을 들어준 것입니다. 서울시와 건설사가 잘못했다는 점을 법원이 인정했습니다.

나는 조 변호사와 함께 인권변론을 펼치면서 많은 것을 배웠습니다. 그는 아무리 사소해 보이는 사건이라도 앞으로 우리 사회에 미칠 영향을 꿰뚫어 보는 능력이 있었습니다. 무엇보다 조 변호사는 포기를 모르는 사람이었어요. 망원동 수재 소송은 대법원의 판결이 나기까지 6년이나 걸렸습니다. 그의 끈질긴 노력으로 우리나라의 인권 수준이 한 단계 높아질 수 있었습니다.

멘토에게 배운 것은 내가 세상을 읽는 기준이 되었어요. 잘못을 바로잡는 것은 거대한 힘이 아니라, 문제를 똑바로 바라보는 한 사람의 용기라는 점을 깨달았어요. 나는 멘토로부터 느리지만 게으르지 않고, 더디지만 멈추지 않고, 약하지만 포기하지 않는 마음을 배웠습니다.

멘토를 알아보는 방법

　멘토와 멘티의 관계를 다른 말로는 스승과 제자의 인연으로 표현 할 수 있다고 했습니다. 스승은 학교에만 있는 것이 아닙니다. 우리는 살아가면서 여러 사람을 만나게 되고, 그 삶의 현장에서 참 스승을 만나게 됩니다. 사람은 어떤 사람을 만나서 어떤 일을 하느냐에 따라 전혀 다른 인생을 살게 되는 것 같습니다.

　멘토를 만나려면, 내가 만난 사람 중에 이 사람이 바로 나의 멘토라는 것을 알아차릴 수 있어야 해요. 그것을 결정하는 것은

선생님도 부모님도 아닌 여러분 자신이랍니다. 내가 그 사람을 나의 소중한 멘토라고 생각하고, 그 결정을 믿는 것만이 멘토를 만날 수 있는 방법이에요. 어린이 여러분, 자신의 느낌과 생각을 믿으세요.

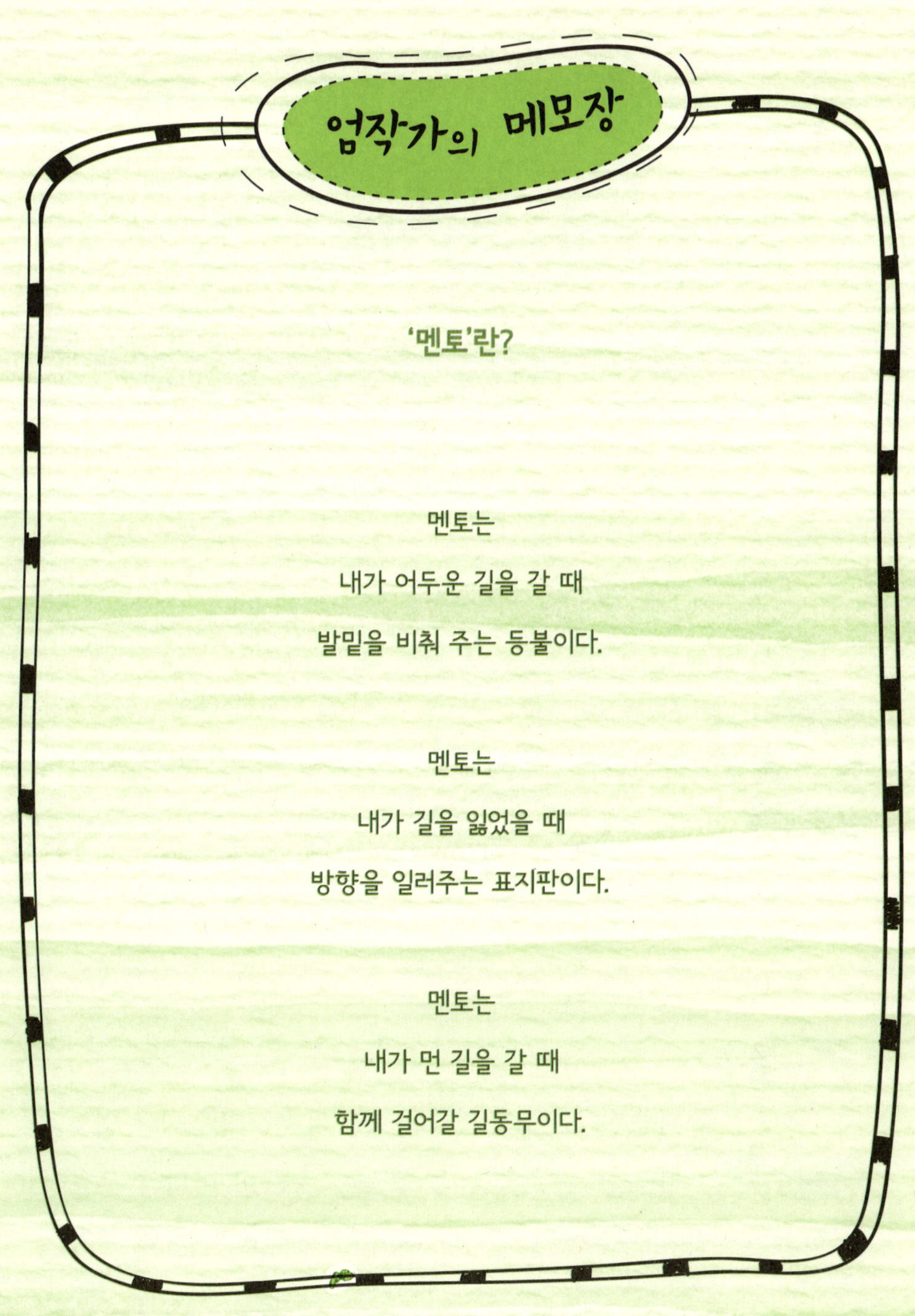

엄작가의 메모장

'멘토'란?

멘토는

내가 어두운 길을 갈 때

발밑을 비춰 주는 등불이다.

멘토는

내가 길을 잃었을 때

방향을 일러주는 표지판이다.

멘토는

내가 먼 길을 갈 때

함께 걸어갈 길동무이다.

비움
- 채움보다 가득 찬 기쁨

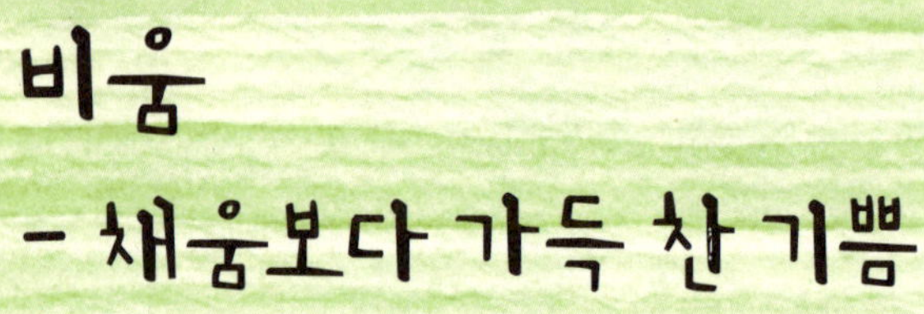

박원순은 '1% 나눔'이라는 말을 만들고, 우리 사회 곳곳에 나눔의 씨앗을 뿌렸습니다. '1% 나눔'에 대해 좀 더 설명해 주세요.

나눔은 그 어떤 것보다 아름다운 가치입니다. '1% 나눔'은 단순히 돈을 모으는 모금이 아니라 우리 사회의 의식을 바꾸는 운동입니다. 자신이 가지고 있는 백 가지

중에서 적어도 하나는 다른 사람들과 나누자는 생각이죠. 1% 나눔은 주는 사람에겐 큰 부담이 없지만, 받는 사람에겐 절실하고 소중한 것입니다.

'1% 나눔' 덕분에 나이, 성별, 지역, 계층을 넘어 사회 전체에 기부 열풍이 불었어요. 나에게는 아주 작은 것이 어떤 이에게는 인생을 바꾸는 힘이 된다는 사실이 사람들의 마음을 움직였던 것 같아요. 생일, 졸업, 취업, 결혼 등 좋은 날을 맞아 그 기쁨을 나눔으로 기념하는 좋은 모습도 생겨났습니다. '1% 나눔'에 개인뿐 아니라 회사나 단체의 참여도 크게 늘어났답니다.

이웃에게 내미는 아름다운 손

우리에게는 두 개의 손이 있습니다. 하나는 자신을 위해 쓰고, 또 다른 하나는 이웃에게 내미는 아름다운 손이기를 바라는 것이 나눔의 정신이죠. 사실 우리 민족의 전통을 보면 나눔의 미덕이 면면히 이어져 왔습니다. 콩 한 쪽도 나눠먹은 사람들이었어요. 계, 두레 등 서로 돕는 전통을 오랜 세월 지켜왔죠.

기억하라, 당신이 도움의 손길을 필요로 할 때 당신 역
시 팔 끝에 손을 갖고 있음을. 나이를 먹으면서 당신은
알게 될 것이다. 당신이 두 개의 손을 갖고 있음을. 한
손은 당신 자신을 돕기 위해, 그리고 나머지 한 손은 다
른 사람을 돕기 위해.

– 샘 레븐슨, 오드리 햅번이 크리스마스에 자식에게 읽어준 시

조선시대에는 나눔을 실천한 집안이 많이 있었어요. 전남 구
례의 류씨 집안도 그 중 하나였답니다. 영조 임금님이 내려주신
아흔 아홉 칸 집 '운조루'에는 그 나눔의 흔적이 고스란히 남아
있습니다.

안채와 사랑채의 중간에 쌀을 담는 뒤주가 있어요. 이 뒤주의
아래쪽에는 구멍이 있는데, 그 마개에 '타인능해(他人能解)'라는 글
자가 새겨져 있습니다. '다른 사람도 구멍을 열 수 있다'는 뜻이
죠. 누구든지 쌀이 필요하면 와서 퍼가라는 말이었어요. 채움보
다 비움이 아름답다는 것을 보여준 우리 민족의 나눔 정신이었습
니다.

부자 아빠보다 멋진 아빠

많은 부모님들이 부자 아빠, 부자 엄마가 되기 위해 노력합니다. 내 아이가 편하게 세상을 살았으면 하는 바람 때문이죠. 그러나 나는 만나는 사람마다 돈을 물려주는 것은 오히려 자식을 망치는 길이라고 충고합니다.

변호사로 일하면서 유산을 둘러싼 분쟁을 많이 보았습니다. 예를 들면 경기도에 엄청난 땅을 가진 부자가 있었어요. 그런데 그가 늙어 병으로 쓰러지자, 자식들끼리 재산을 서로 차지하기 위해 싸움이 붙었어요. 다툼이 길어질수록 재산은 점점 줄어들었죠. 그 아수라장 속에 아버지는 세상을 떠나고 가족은 뿔뿔이 흩어졌답니다.

다음 세대인 어린이에게 나눔을 물려주는 것은 미래를 위한 일입니다. 언젠가 어린이가 주인이 되어 살아갈 세상의 등불을 켜는 일이죠. 그 세상이 원칙대로, 상식대로, 배운대로 살 수 있는 곳이 되길 바라기 때문입니다.

원칙이 지켜지는 사회를 만들려면 교육부터 바로 세워야 합니다. 나는 나눔이야말로 최고의 산교육이라고 생각해요. 부모가 자녀들에게 물려줘야 하는 것은 돈이 아니라 나눔이라는 숭고한 정신입니다. 혼자 잘 먹고 잘 사는 것보다 더 멋진 삶이 있다는 것을 아이들에게 말해주는 어른이 많았으면 좋겠습니다. 또 삶의 고비마다 부모님들의 그런 가르침을 떠올리는 어린이들이 많았으면 좋겠습니다.

1% 나눔의 힘

"오른손이 하는 일을 왼손이 모르게 하라."

우리 민족은 예로부터 좋은 일을 하고도 밖으로 드러내지 않는 것을 미덕으로 생각해 왔어요. 숨어서 하는 선행은 세상을 소리 없이 감동시키는 힘이 되죠. 하지만 나는 오른손이 하는 일을 왼손도 알게 하라고 목소리를 높입니다. 나눔은 더 이상 특별한 자선행위가 아니라, 밥 먹고 세수하듯 누구나 실천할 수 있는 일이 되어야 하기 때문이죠.

예전에는 나눔이 특별한 사람이 하는 일이었기 때문에 남에게 알리지 않는 것이 미덕이었다면, 이제는 달라져야 합니다. 나눔은 언제나 실천할 수 있는 일상적인 생활방식이 되어야 합니다. '1% 나눔'은 나눔이 한 번 해보는 특별한 일이 아니라, 우리 삶 속에 들어와 자연스럽게 숨쉬게 해야 한다는 소중한 가르침이에요.

　나는 더 많은 사람들이 나눔의 기쁨을 맛보게 하려면 널리 알려야 한다고 생각해요. 방법을 몰라서 못하고, 과정이 복잡해서 못하는 사람들이 없도록 나눔의 문턱을 낮추어야 합니다.　나눔의 기쁨은 참으로 크답니다. 한 번 그것을 경험해본 사람은 그 행복감을 잊지 못하고 두 번, 세 번 계속하게 됩니다.

　나눔은 중독성이 큽니다. 따뜻한 음식을 나눈 경험을 가진 사람은 또 다른 사람에게 따뜻한 음식을 대접하고 싶어 합니다. 따뜻한 마음을 나눈 경험을 가진 사람은 또 다른 사람에게 그 온기

를 전하고 싶어 하죠. 이렇게 나눔은 나눌수록 풍요로워지고, 나눌수록 깊어지는 신비로운 힘을 가졌어요. 나눔은 밝고 따뜻한 세상의 문을 여는 비밀 열쇠입니다.

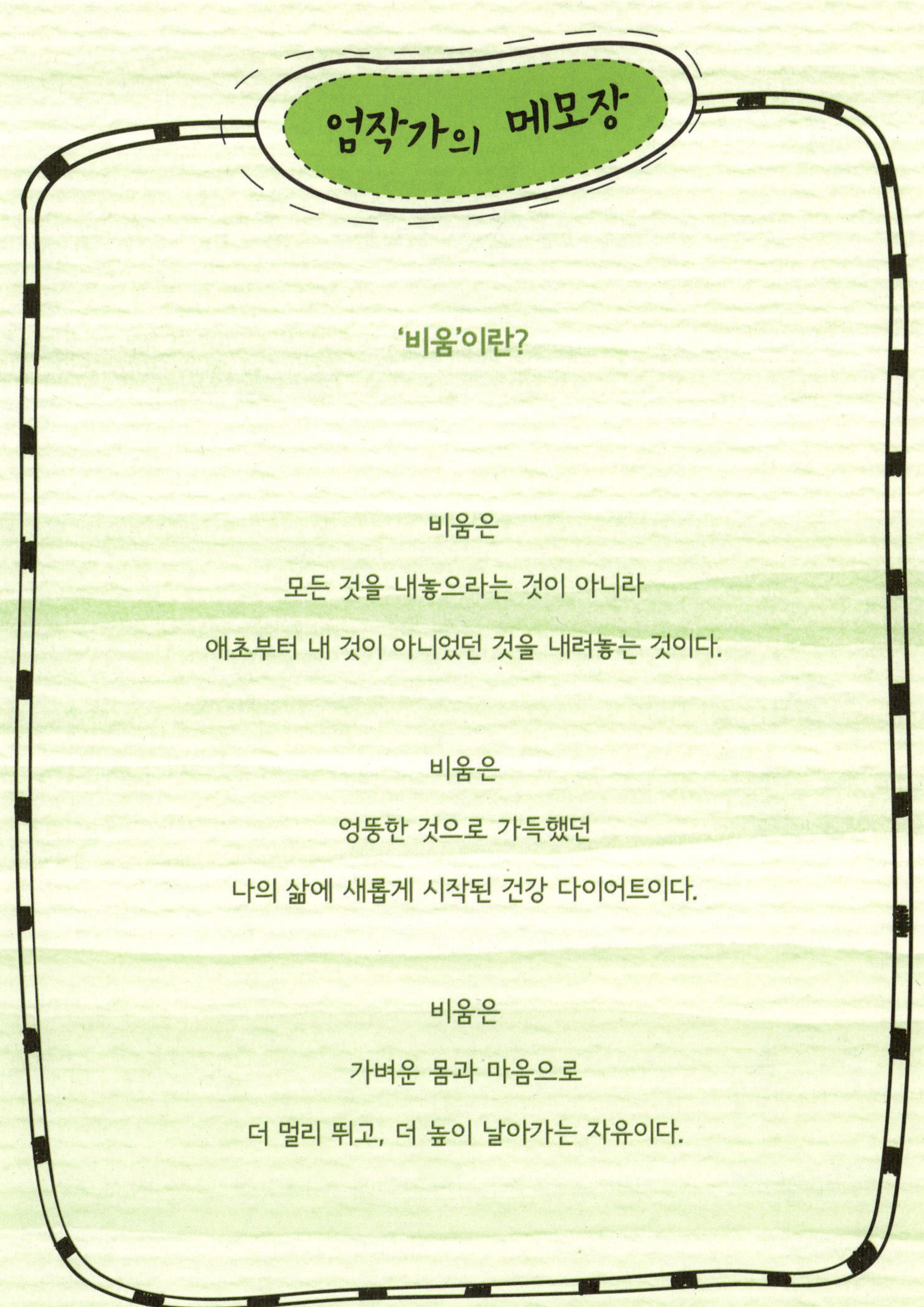

'비움'이란?

비움은

모든 것을 내놓으라는 것이 아니라

애초부터 내 것이 아니었던 것을 내려놓는 것이다.

비움은

엉뚱한 것으로 가득했던

나의 삶에 새롭게 시작된 건강 다이어트이다.

비움은

가벼운 몸과 마음으로

더 멀리 뛰고, 더 높이 날아가는 자유이다.

열정
– 내가 진짜 나를 만나는 순간

어른들은 어린이에게 열정과 꿈을 가지라는 말을 많이 합니다. 꿈이 없다면 미래 또한 없기 때문이지요. 꿈을 가지려면 자신이 진짜 좋아하는 것을 찾아야 합니다. 어린이들이 꿈을 찾고 싶을 때 어떻게 하면 좋을까요?

그것이 무엇인지 잘 모를 때는 비슷한 것을 먼저 시작해보는 것도 좋은 방법이랍니다. 자신이 접근할 수 있는 일부터 시작해 보는 것이죠. 꿈은 도착해야 할 어떤 지점이 아니라 과정을 포함한 지향점이기 때문입니다. 지나온 과정 모두가 나의 꿈이며 삶입니다.

　내 자신을 알아가는 것도 남을 알아가는 것과 같습니다. 그냥 저절로 나를 잘 알 수는 없어요. 내가 어떤 사람인지 알기 위해서는 나를 알아가는 과정이 필요합니다. 싫어하는 것을 알아야 정말 좋아하는 것이 무엇인지도 알 수 있습니다. 서툴지만 나의 꿈을 나의 말로 표현해보는 시간을 가져야 합니다. 누가 대신 만들어준 목표는 결코 나의 꿈이 될 수 없기 때문이죠.

방황이 시작되었다

　나는 나의 꿈을 찾아 정말 많이 헤매고 다녔습니다. 충분히 헤매야 길을 잃지 않습니다. 감옥 문을 나선 나는 학교에 돌아가고 싶었지만, 서울대학교에 갈 수 없었습니다. 공부를 계속해야겠다는 생각에 다른 학교를 알아봤지만 반응은 차가웠죠. 시위로 감옥에 다녀온 학생을 순순히 받아줄 곳은 아무 데도 없었어요. 방황이 시작되었습니다. 마음을 둘 곳을 찾던 나는 독서, 등산, 여행으로 마음을 달랬습니다. 나는 시험을 다시 치르고 단국대학교 사학과에 입학했어요. 사법고시 공부를 시작한 것도 이 무렵 이었습니다.

나의 공부법은 독특합니다. 오른손에는 가위를 왼손에는 색연 필을 듭니다. 판례집과 법률잡지의 내용을 오려 책에 붙인 다음 색연필로 칠했어요. 왜 그렇게 해석하는지, 제도의 문제는 무엇인 지, 앞으로 어떻게 바뀔지 정리했어요. 나만의 방식으로 공부를

하니 머리에 쏙쏙 들어오고 하면 할수록 재미가 붙었어요.

　덕분에 20대에 강원도 정선의 등기소장이 되기도 했어요. 경험 삼아 법원 사무관직 시험에 도전했는데 덜컥 합격한 거예요. 시골에서의 등기소장 일은 참 한가로웠어요. 가끔 학교에서 운동회가 열리면, 축사를 하고 상을 주는 일을 하곤 했죠. 그렇게 1년을 보내자 문득 이 길은 나의 길이 아니라는 생각이 들었어요. 나는 다시 사법고시에 도전해 합격했어요. 2년간 연수를 마치고 대구에서 검사 생활을 시작했습니다.

사람을 잡아 가두는 기계

　우리나라에서 검사가 된다는 것은 곧 권력층이 된다는 뜻입니다. 그러나 나는 검사직이 '몸에 맞지 않는 옷' 같았어요. 처음 내가 검사를 택한 이유는 현장에서 법의 정의를 실천하는 직업이라고 여겼기 때문이었어요. 궁지에 몰린 사람들이 범죄에 빠지지 않고 인간다운 삶을 살려면 현장에서 어떻게 하느냐가 중요하다고 생각했죠. 하지만 내가 접한 검사는 사람을 잡아 가두는 기계 같았습니다.

나는 마음이 불편했어요. 죄를 저지르고 끌려온 사람들이 불쌍했습니다. 물론 검사가 하는 그런 일이 사회를 위해 꼭 필요한 일이긴 합니다. 문제는 왜 범죄를 저질렀는지 살피기보다 엄중한 처벌 위주로 갈 수밖에 없다는 데 있었어요. 나의 마음 속에는 갈등이 계속 생겼습니다.

어느 경찰관의 사건을 처리할 때도 고민이 많았어요. 횡단보도에서 교통사고가 일어났는데 경찰관이 그만 10만원을 받고 가해자 편을 들었던 거예요. 공무원으로서 범해서는 안 될 명백한 잘못이었죠. 모두들 반드시 구속해서 엄하게 처벌해야 한다고 닦달했어요. 나도 구속을 피할 수 없다고 판단했습니다. 하지만 경찰관 부인의 간절한 호소에 마음이 무거웠어요. 10만원 때문에 한 가정의 아버지가 직장에서 쫓겨날 판이었어요. 결국 구속을 결정했지만 나는 판사를 찾아갔어요. 사정을 설명하고 선처를 부탁했습니다.

그렇게 일하다보니 판사들로부터 '관선 변론'을 하러 온다고 놀림을 받았습니다. '관선 변론'이란 형편이 어려운 사람을 위해 국가에서 변호사를 붙여 변호하도록 하는 것을 말해요. 나로서는 부끄러울 게 없는 평판이었어요. 오히려 내가 처음에 생각한 법률가의 모습과 가까웠죠.

　검사들 중에는 정의롭고 존경할 만한 사람도 많습니다. 문제는 사람이 아니라 검사라는 직업이었어요. 검사는 숨어있는 진실에 다가가기에는 한계가 있었어요. 나는 더 이상 머뭇거릴 이유가 없다고 생각했답니다. 검사로 일한지 1년 만에 스스로 검사복을 벗어던졌어요.

가짜는 싫어요

　나는 죄지은 사람들을 감옥에 보내는 대신, 그들을 둘러싼 삶의 진실을 찾아 나서겠노라 결심했습니다. 내가 사법고시를 결심한 데에는 나름의 이유가 있었어요. 감옥에서 법철학자 예링이 쓴 《권리를 위한 투쟁》을 읽었는데, 예링은 '법의 목적은 평화이고, 거기에 이르는 길은 투쟁'이라고 했어요. 이 구절은 나에게 깊은 인상을 심어주었답니다.

　나는 권리란 저절로 얻을 수 있는 게 아니라는 사실을 절실히 깨달았습니다. 사회의 실상이 어떠한지 감옥 친구들과 가까이 지내면서 느낀 나였습니다. 보다 많은 사람들이 인간다운 삶을 누리려면 어떻게 하는 것이 옳은지 생각해 보았어요. 인권을 바로 세우는 따뜻한 법을 만들기 위해 오히려 나는 검사를 포기했습니다.

때로는 포기가 열정이 될 수 있어요. 어린이들이 자신이 진정으로 원하는 것을 얻으려면, 그럴듯해 보이는 가짜 희망과 남들이 권하는 가짜 꿈을 깨끗하게 포기하는 용기가 필요합니다. 진짜 꿈을 가지려면 자신이 진짜 원하는 것이 무엇인지 스스로 알아내야 해요. 그러기 위해서는 가슴을 무겁게 내리누르는 '가짜'라는 돌덩이를 치우고, 마음이 하는 '진짜' 말에 귀를 기울여야 해요. 이렇게 하나 둘 시야를 가리는 장애물을 치워 나가면, 언젠가는 자신이 진정 원하는 것을 볼 수 있는 맑은 눈이 어린이 여러분에게 생길 것입니다.

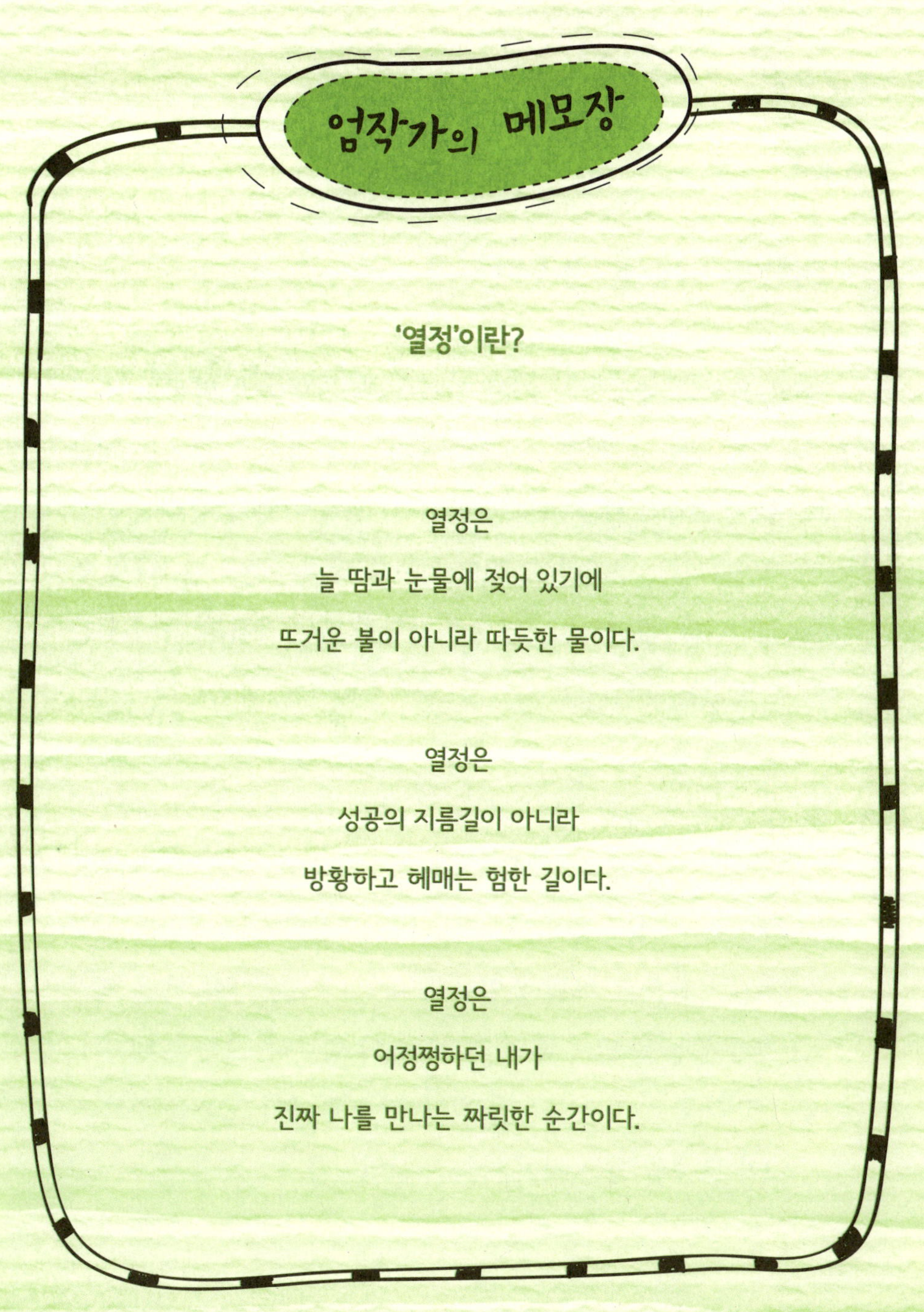
엄작가의 메모장

'열정'이란?

열정은

늘 땀과 눈물에 젖어 있기에

뜨거운 불이 아니라 따듯한 물이다.

열정은

성공의 지름길이 아니라

방황하고 헤매는 험한 길이다.

열정은

어정쩡하던 내가

진짜 나를 만나는 짜릿한 순간이다.

✳ 어린이 '나눔'을 꿈꾸다

어떤 음식이 세상에서 가장 맛있을까요? 엄마가 만들어 주신 김치찌개도 맛있고, 친구 생일잔치에서 먹은 피자도 맛있고, 시골 할머니께서 보내주신 감자도 맛있고, 주말에 아빠가 사주신 돈까스도 맛있습니다. 하지만 그 어떤 것보다 맛있는 음식은 '나눠 먹는' 음식입니다. 혼자 먹는 것보다 사랑하는 사람들과 나눠 먹는 것이 더 맛있는 법입니다.

여기 '나눔'을 전파하는 사람들이 있습니다. 자신들이 하는 일을 사랑하고 자부심을 느끼는 사람들입니다. 나눔은 주는 쪽과 받는 쪽으로 나뉘는 것이 아니라, 나눔을 실천하는 사람과 실천하지 않는 사람으로 나뉠 뿐입니다. 나눔이라는 강에 몸을 적시고 그 흐름에 몸을 맡겨 흠뻑 빠져들어야 합니다. 오늘은 내가 도움을 주고 내일은 네가 도움을 받고, 이것은 네가 도움을 주고 저것은 내가 도움을 받는 것이 나눔의 삶입니다.

나눔은 특별한 사람이 베푸는 것이 아니라 평범한 사람들이 살아가는 아름다운 생활방식입니다. 나눔은 남는 것을 '나눠 주는 것'이 아니라 서로 마음을 '나누는 것'입니다.

* 나눔을 실천하는 곳

월드 비전 - 미래를 나누어요

'월드비전'은 전쟁으로 고통 받는 한국인들을 돕기 위해 밥 피어스 선교사와 한경직 목사가 처음 설립한 기구입니다. 이제 우리나라는 도움을 받는 나라에서 도움을 주는 나라로 바뀌었습니다. 현재는 전 세계에서 구호 활동을 하고 있어요. 월드비전의 목표는 '모든 사람, 특히 어린이들이 잘 살 수 있도록 일하는 것'이에요.

월드비전이 하는 일 중 가장 대표적인 것은 '변화를 가져오는 개발사업'입니다. 이것은 어린이와 가족, 지역주민들의 삶을 변화시킬 것이 무엇인지 함께 찾는 일입니다. 월드비전은 변화를 막는 방해물을 극복하기 위해 주민들과 협력하며, 정부는 물론 다른 NGO(비정부기구, 민간 공익 단체)와도 도움을 주고받습니다.

푸드뱅크 - 음식을 나누어요

'푸드뱅크'는 음식을 기부받아 복지시설이나 개인에게 제공하는 복지서비스단체입니다. 끼니를 걱정하는 어린이, 혼자 사는 노인, 도움이 절실한 장애인, 집이 없는 노숙자 등을 위해 음식을 서로 나누는 일을 합니다.

우리나라에서는 국제통화기금(IMF)으로부터 도움을 받던 때인 1998년에 처음으로 실시한 이후 운영되고 있어요.

한 쪽에서는 음식이 남아서 버리고, 또 한 쪽에서는 음식이 없어서 굶는 일이 벌어집니다. 먹을 것이 없어서 배고픔에 시달리는 것은 인간의 기본권조차 누리지 못하는 일입니다. 굶주린 사람에게 음식을 나누는 일이 가장 먼저 해결해야 하는 복지라는 생각으로 나눔을 실천하고 있는 곳입니다.

아름다운가게 - 마음을 나누어요

'아름다운가게'는 물건의 재사용과 순환을 통하여 사회를 변화시킬 목적으로 시민들이 자발적으로 참여하여 운영하는 가게랍니다. 헌 물건을 팔아 생긴 이익을 제3세계의 빈곤 구제와 사회 지원에 사용하는 영국의 옥스팜(Oxfam)을 모델로 하였습니다.

기증 받은 헌 물건을 고쳐서 되파는 일 외에 기업이나 정부와 함께 아름다운 토요일, 아름다운 아파트, 아름다운 나눔학교, 움직이는 가게 등 나눔 문화를 확산하기 위한 운동을 벌이고 있어요. 낡은 물건에는 먼지만 쌓여 있는 것이 아닙니다. 추억과 이야기가 가득하죠. 그 이야기를 이웃들과 나누고 살리는 것이 아름다운가게가 하는 일입니다.

국경없는 의사회 – 아픔을 나누어요

'국경없는 의사회'는 나이지리아 비아프라 내전에 파견된 프랑스 적십자사의 대외구호 활동에 참가한 청년의사와 언론인들이 1971년 파리에서 만든 긴급의료단체입니다.

세계 어느 지역이든 전쟁·기아·질병·자연재해 등으로 의사가 필요한 상황이 발생하면, 국경을 넘어서라도 사람들을 돕는다는 원칙으로 활동하고 있습니다. 돈이 없다는 이유로, 정치적인 이유로 의사의 도움을 받지 못한다는 것은 슬픈 일입니다. 국경은 나라와 나라의 경계입니다. 그 국경을 넘고, 마음의 경계를 넘어 의사가 필요한 곳에 달려가는 사람들이 있어 다행입니다.

'국경없는 의사회'는 북한에서도 3년 동안 봉사활동을 했어요. 북한에서 구호활동을 펼친 공로로 1997년 서울특별시로부터 서울평화상을 받았고, 1999년에는 노벨 평화상을 받았습니다.

세 번째 이야기

건강한 인격, 공동체

시민
- 제 몫의 권리와 의무를 아는 사람

시민, 시민운동, 시민사회 등 '시민'이라는 말을 자주 하시는 것 같습니다. 들어보면 뭔가 좋은 이야기 같아요. '시민'은 어떤 사람입니까? 우리 어린이도 시민이라고 할 수 있는지 알고 싶습니다.

어린이도 물론 한 사람의 당당한 시민입니다. 시민이라는 것은 어떤 도시의 거주자를 말하는 것이 아니라 자신의 권리와 책임을 다하는 사람입니다. 시민은 잘못된 일에 입을 다물지 않고 목소리를 내는 사람입니다. 우리가 시민으로 살아가기 위해서는 더 많은 용기와 배움이 있어야 합니다.

오늘날 민주주의의 핵심인 시민이라는 개념은 17~18세기 유럽에서 생겨났어요. 당시 철학자들은 인간과 사회의 관계를 탐구하며 이성과 진보를 강조했죠.

"자연 상태는 살기에 불편하므로 사람들은 공통의 관심사인 사회와 정부를 만들기 위해 계약을 맺게 된다. 인간은 자연권 즉 생명, 자유, 재산의 권리를 갖고 있다. 사람들은 이러한 권리를 전제로 정부를 세우는 데 합의하는 것이다."

– 존 로크 《시민정부론》 중에서

프랑스 혁명은 시민의 권리를 확립하는 계기가 되었어요. 당시 평민들은 온갖 특권을 누리는 귀족들과 달리 무거운 세금에 시달리고 있었죠. 평민들은 마침내 들고 일어나 왕을 내쫓고 헌법을 만들었답니다. 자유, 평등, 박애의 이념으로 시민사회를 열었어요.

목소리를 내요

대한민국 헌법은 인간의 존엄성을 보장하고 있어요. 자유롭고 평등하게 살아갈 권리가 누구에게나 있다고 말합니다. 그러나 실생활에서 피부로 느끼기는 어렵습니다. 우리가 과연 인간으로서 존엄하게 살고 있는지 갸우뚱하게 만드는 일이 많습니다. 그래서 시민운동이 생겨났습니다. 인간으로서 시민으로서 존엄하게 살기 위해서 말이죠.

유학을 마치고 돌아온 나는 이듬해 뜻있는 학자, 변호사, 활동

가들과 함께 '참여연대'를 만들었어요. 처음에는 비판을 받기도 했지만, 알찬 성과를 잇달아 내놓으며 걱정을 씻어 냈어요.

참여연대가 펼친 '국민생활 최저선 확보운동'은 사회복지가 형편 없었던 우리나라 현실에서 큰 호응을 이끌어 냈습니다. 참여연대는 최저생계 보장, 국민연금 가입자 권한 확대, 국공립보육시설 확대, 장애인수당 현실화 등을 줄기차게 요구 했어요.

돌이켜 보면 참여연대가 걸어온 길은 우리나라 시민운동의 역사라고 해도 틀린 말이 아닙니다. 수없이 고발하고, 오지랖 넓게 참견했어요. 그래서 별명도 고발연대, 참견연대였답니다. 그 과정에서 "시민의 힘으로 세상을 바꾼다!"는 표현은 사람들의 마음속에 자리 잡았어요. 시민이 참여할 수 있는 통로가 되어 주인의식을 일깨웠습니다.

꼼꼼하게 따져 묻다

참여연대는 시민의 작은 권리를 꼼꼼하게 따졌습니다. '이동전화 요금인하운동'이 대표적인 예가 될 수 있어요. 국내 이동전화 사업자들은 통신망 투자에 비해 지나치게 비싼 요금으로 소비자들의 원성을 사고 있었어요. 이에 참여연대를 비롯한 시민단체들은 '기본료 30% 인하'를 요구하며 서명운동에 나섰습니다.

'소액주주운동'은 삼성전자가 발행한 600억 원어치의 전환사채 중 450억 원가량을 이건희 회장의 아들인 이재용 씨가 매입, 주식으로 전환하면서 시작되었어요. 주식회사는 개인의 소유가 아님에도 우리나라에서는 재벌 가족이 마음대로 주무르고 있어요. 참여연대는 적은 지분으로도 소송을 할 수 있게 함으로써 소액주주의 뜻이 경영에 반영되도록 했습니다.

참여연대의 활동에는 단계가 있습니다. 우선 활동가들이 삶의 현장을 뛰어다니며 우리 사회의 문제점을 파악합니다. 문제가 무엇이지 알게 되면, 학자들은 그 문제점을 연구해 자료를 만들고 대안을 제시했어요. 변호사들은 이를 바탕으로 소송을 담당했어요. 다 함께 고민해야할 문제라는 공감대를 만드는 동시에 법과 제도를 바꿔 나갔습니다.

운명에 순종하는 삶을 거부한다

나는 시민의 삶 속에서 구체적인 답을 찾기를 원합니다. 그렇게 실질적인 성과를 내자 사람들의 생각이 달라졌습니다. 참여연대가 일구어 낸 시민운동은 결국 한국인의 의식을 바꾸는 계기를 마련했습니다.

그것은 시민의식의 성숙을 의미해요. 사회와의 관계 속에서 권리와 책임을 자각하는 개인, 즉 시민이 등장한 것입니다. 그들은 더 이상 운명에 고개 숙이거나 기득권의 질서에 순종하지 않았어요. 자신의 목소리를 냈습니다.

어린이도 한 사람의 시민으로서 자신의 목소리를 내야합니다. 하고 싶은 일이 무엇인지, 불만이 무엇인지, 부당한 대우를 받은 일은 무엇인지 목소리를 내야해요. 박원순이 어린이 여러분을 응원하겠습니다. 늘 깨어있는 시민으로 자신의 권리와 책임이 무엇인지 묻는 자세가 필요합니다. 시민의 삶은 거기서 출발합니다.

어린이 시민교육이 절실합니다. 우리 어린이야말로 시민에 대해 더 자세히 배우고 익혀야 한다고 생각합니다. 어린이들의 인권을 찾아야 합니다. 자신의 권리에 눈감는 사람은 자신의 행복에 눈감는 사람입니다.

학생은 공부나 열심히 하라고 말하고, 배우는 연기나 열심히

하라고 말하고, 직장인은 일이나 열심히 하라고 말하고, 운동선
수는 운동이나 열심히 하라고 말하는 사람은 다 같은 사람입니
다. 작은 권력의 맛에 물든 사람입니다. 시민의 목소리를 귀찮아
하고 위험하다고 생각하는 사람은 시민의 편이 아닙니다.

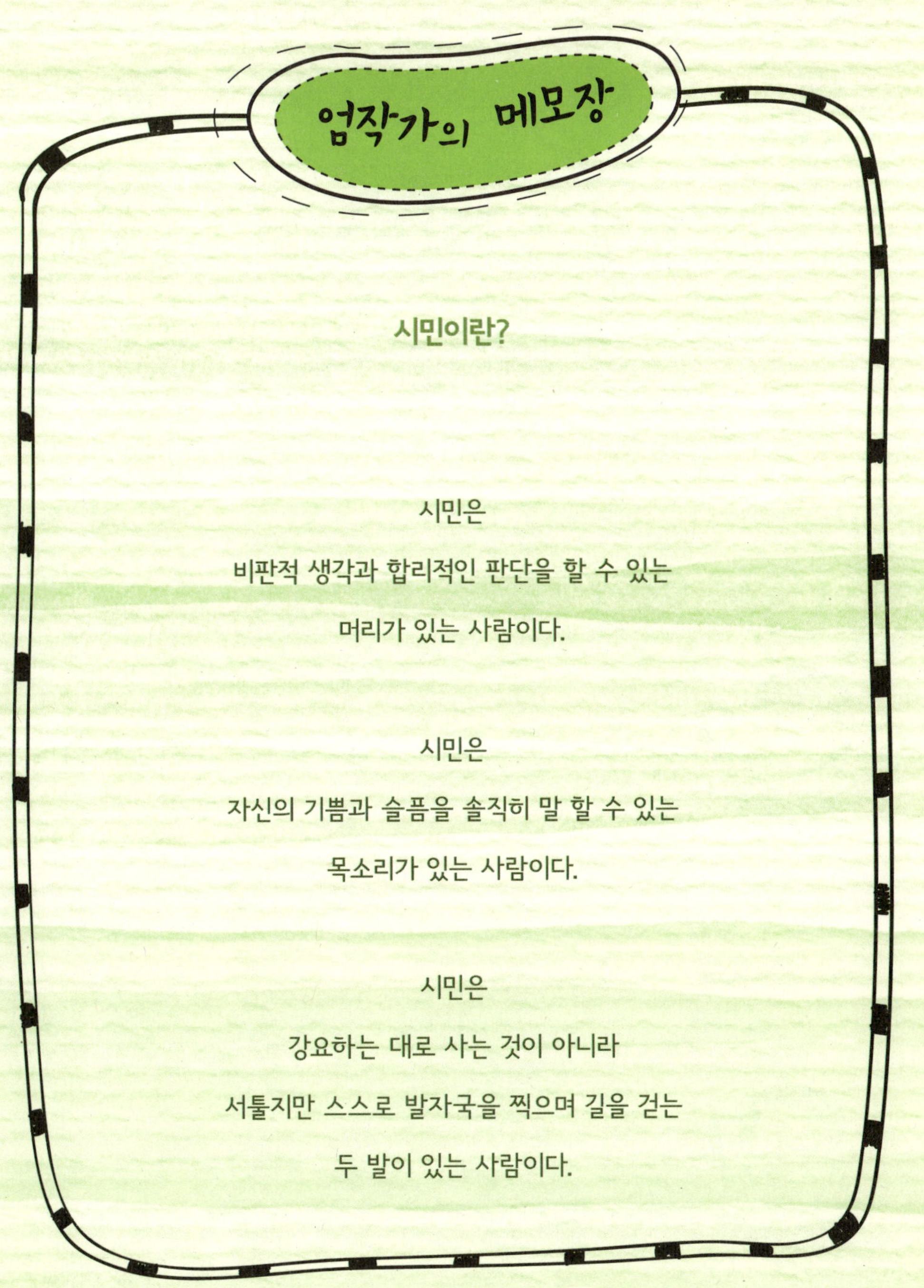
엄작가의 메모장

시민이란?

시민은

비판적 생각과 합리적인 판단을 할 수 있는

머리가 있는 사람이다.

시민은

자신의 기쁨과 슬픔을 솔직히 말 할 수 있는

목소리가 있는 사람이다.

시민은

강요하는 대로 사는 것이 아니라

서툴지만 스스로 발자국을 찍으며 길을 걷는

두 발이 있는 사람이다.

재미
— 벽을 밀면 문이 되는 마법

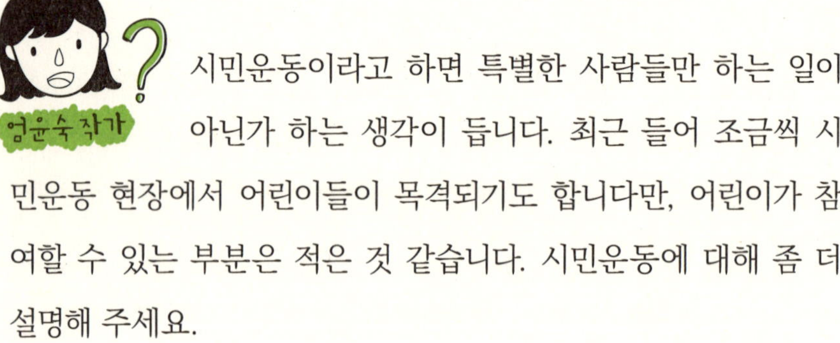

시민운동이라고 하면 특별한 사람들만 하는 일이 아닌가 하는 생각이 듭니다. 최근 들어 조금씩 시민운동 현장에서 어린이들이 목격되기도 합니다만, 어린이가 참여할 수 있는 부분은 적은 것 같습니다. 시민운동에 대해 좀 더 설명해 주세요.

시민운동이 변화하고 있습니다. 딱딱한 틀을 벗고

부드러워졌어요. 재미를 찾고자하는 모습이 생겼어요. 어린이들의 참여 또한 자연스러워졌습니다. 사람들은 거리공연을 즐기며 자유롭게 춤추고, 노래하고, 소통하고 있습니다.

나는 시민운동에서 재미가 빠지면 안 된다고 생각합니다. 재미는 벽을 밀면 문이 되는 마법입니다. 괴도 루팡이 골목에서 사라지는 마법을 부릴 수 있는 것은 벽면 한 쪽이 비밀의 문이기 때문이죠.

시민운동도 마찬가지랍니다. 두터운 벽도 사람들과 함께 밀면, 어느 새 비밀의 문으로 바뀌곤 합니다. 나는 사방이 벽이라고 생각될 때 빈틈이 무엇인지 살펴봅니다. 할 수 없다, 어쩔 수 없다는 생각에서 한 발짝 물러서서 '뭐 재밌는 구석이 없을까?'라는 질문을 던져 봅니다.

불만을 노래해요

시민의식은 시민운동가의 활동에서도 엿볼 수 있어요. 처음 운동이 시작될 때는 아직 낯설기 때문에 시민운동가의 고충이 참 많습니다. 희망을 만드는 사람들의 불만이라니, 상상이 잘 안 되지만 그 현장을 살펴보면 이해가 될 것입니다.

어느 날 희망제작소(2006년 박원순이 중심이 되어 만든 시민참여형 연구소)
에 이상한 모임이 하나 생겼어요. 바로 '멋대로 불만합창단'이랍
니다. 불만합창단은 이 땅의 모든 불만에 문을 열고 환영해요. 개
인적 불만이든 정치적 불만이든 상관없어요. 사소한 불만도, 심
각한 불만도 모두 다 노래로 만들어 불렀어요.

통장잔고는 늘 아슬아슬 / 안경엔 기름이 번들번들 /
남들은 파워 블로거 되는데 / 내 블로그에는 댓글 하나
없네 / 좋은 공연은 너무 비싸 / 마음먹고 볼라치면 이
미 매진 / 핸드폰 수명은 너무 짧고 / 커피 한 잔 값은
밥값이야 / 엄마 친구 아들은 못하는 게 없고 / 면접 끝
나고 나면 대답 생각나 / 어린 알바생이라고 반말해 /

인턴 뽑아 놓고 잡일만 시켜 / 회사 동료가 날보고 아가
씨래 / 당신은 30년대 태어났니 / 야근 매일 해도 수당
은 없고 / 마라톤 회의 결과는 똑같고 / 불만, 불만이
없다면 이상해 / 우리 같이 불만을 노래해요

– 희망제작소 '멋대로 불만합창단'이 거리에서 부르는 노래

불만을 모으고 선택하는 것은 회원들의 몫이에요. 함께 부를
불만을 고르고, 작곡도 직접 해요. 전문가가 아니기에 밤마다 머
리를 쥐어뜯어요. 불만은 짜증나지만 그걸 노래로 부르니 신이 나
죠. 가슴의 응어리는 사라지고 긍정의 에너지가 넘쳤습니다.

이 과정에서 불만은 개인의 영역을 넘어서서 서로 공유해야하
는 문제로 다시 태어나죠. 노래를 부르다보면 어느 새 집에서, 직
장에서, 지역에서 함께 해결해야 할 일이 된답니다. 불만을 노래
하는 기발한 상상이 세상을 바꾸는 첫걸음이 됩니다. 여러 사람
의 생각과 느낌, 한숨과 냄새를 섞어 넣어야 모두의 일이 됩니다.

1인 시위

"재밌지 않나요?"

나의 말버릇 중 하나랍니다. 시민이 참여하는 모습만 떠올려

도 가슴이 뛰고 입가에 웃음이 번져요. 재미진 거예요. 나는 참여연대 시절부터 시민운동은 재미있고 신선해야 한다고 말해 왔어요. 모임과 집회 역시 축제처럼 즐거워야 시민들이 관심을 갖고 함께 할 수 있습니다.

시민운동에도 상상력이 필요합니다. 참여연대에서 개발한 '1인 시위'가 좋은 예가 될 수 있을 것 같아요. 국세청이 삼성의 편법 상속에 침묵하는 일이 생겼어요. 참여연대는 항의표시를 하고 싶었지만 방법이 없었습니다. 국세청이 세들어 있던 건물에 외국 대사관이 있어서 법적으로 시위를 못 하게 되어 있었던 거예요. 그런데 '집회와 시위에 관한 법률(집시법)'을 검토하다 보니 재미있는 생각이 반짝 떠올랐어요. 집시법에서는 집회와 시위를 '두 명 이상이 모여서 하는 것'으로 적혀 있었어요. 즉 한 사람이 시위를 하면 법적으로 아무런 문제가 없는 거죠.

참여연대는 즉각 실행에 옮겼어요. 시민들이 매일 돌아가며 국세청 앞에서 1인 시위를 벌였어요. 언론에서도 신기하니까 연일 크게 보도 했습니다. 결국 국세청은 백기를 들고 말았어요. 재미있는 시위가 만 명이 모인 집회보다 더 힘이 셌던 거예요. 그 후 1인 시위는 새로운 시위문화로 자리를 잡았어요. 지금은 어디서든

볼 수 있는 풍경이 되었습니다.

대한민국 희망 씨에게

희망제작소는 재미있는 상상들로 가득 차 있답니다. 건물에 들어오면 '사회창안의 벽'이 보입니다. 벽을 따라 상상력 넘치는 아이디어들이 세상을 향해 건강한 변화를 주문하고 있어요. 한 회원은 '사람을 빌려주는 도서관'이라는 아이디어를 냈어요. 말 그대로 책이 아니라 사람을 빌려주는 도서관이죠. 사람을 만나 대화를 나누면 더욱 생생한 지식과 경험을 공유할 수 있다고 생각하기 때문입니다.

희망제작소는 꾸준히 '김치찌개 DAY'를 열었습니다. 나도 직접 앞치마를 두르고 보글보글 김치찌개를 끓여 회원들을 대접하곤 했어요. 약속한 시간이 되면 사람들이 하나 둘 모여들어요. 파워 블로거, 시민단체 운영자, 선생님, 학생, 미용실 원장님 등 각양각색이죠. 김치찌개에 제육볶음, 상추, 그리고 약간의 밑반찬뿐이지만 회원들은 늘 기분 좋게 그릇을 비운답니다.

식사를 마친 후에는 모여 앉아 도란도란 이야기꽃을 피웁니다.

나는 이웃과 나누기 위해 한 손은 늘 비워 두라고 이야기합니다.
거창고등학교의 직업선택 십계명을 인용하고, 평강공주가 바보
온달을 선택한 이유를 묻죠. 이렇게 이야기에 빠지다 보면 시간
은 금방 지나간답니다. 사람들은 헤어짐을 아쉬워하며 각자의 희
망을 찾아 길을 떠나죠. 즐거워야 함께 할 수 있고, 재밌어야 오래
할 수 있습니다. 세상의 모든 것이 같은 원리라고 생각합니다.

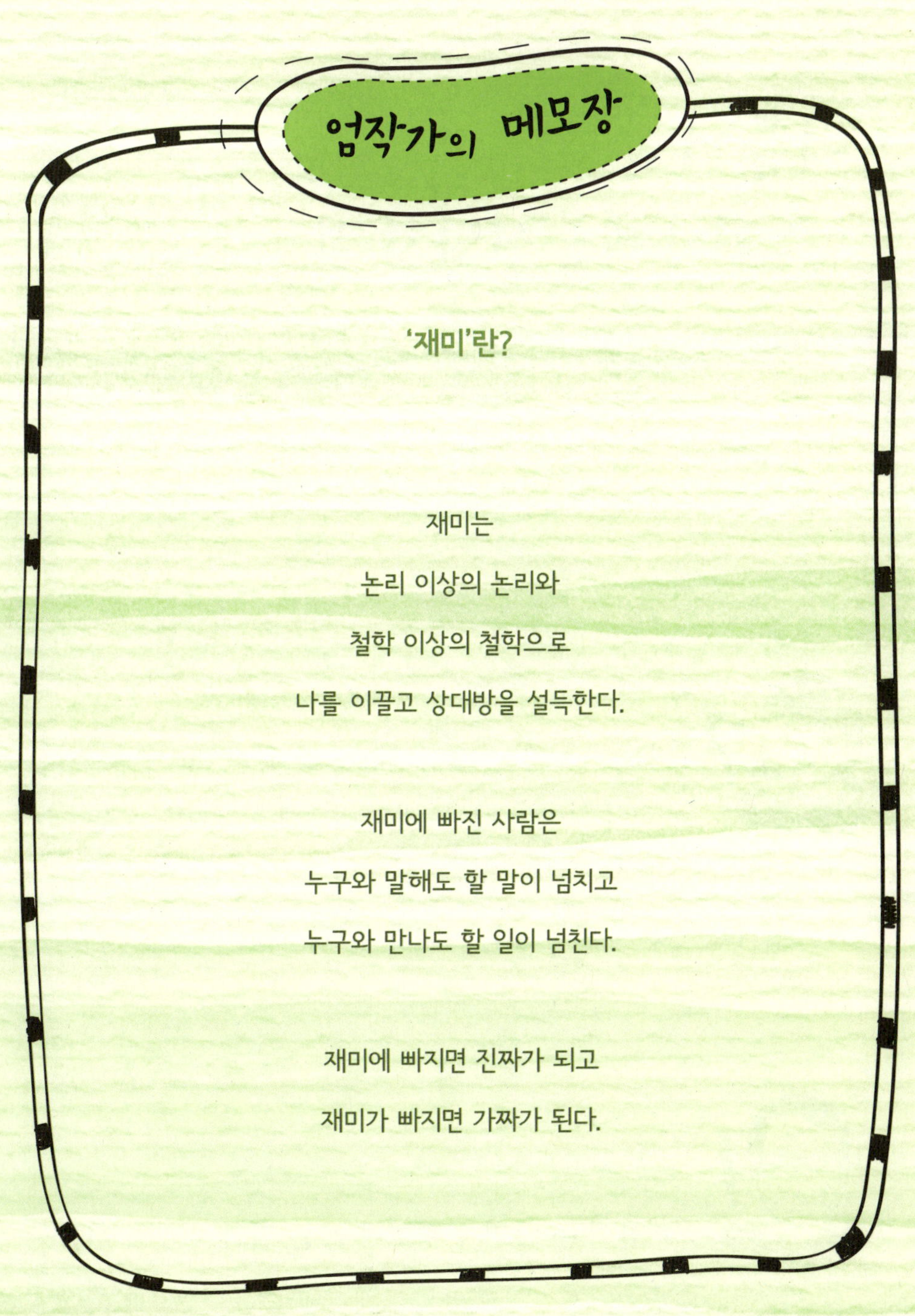
엄작가의 메모장

'재미'란?

재미는

논리 이상의 논리와

철학 이상의 철학으로

나를 이끌고 상대방을 설득한다.

재미에 빠진 사람은

누구와 말해도 할 말이 넘치고

누구와 만나도 할 일이 넘친다.

재미에 빠지면 진짜가 되고

재미가 빠지면 가짜가 된다.

더불어
- 느려서 빠른 상냥한 걸음

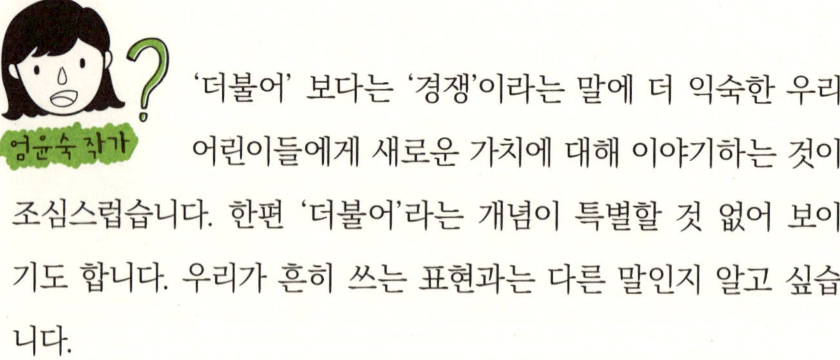

'더불어' 보다는 '경쟁'이라는 말에 더 익숙한 우리 어린이들에게 새로운 가치에 대해 이야기하는 것이 조심스럽습니다. 한편 '더불어'라는 개념이 특별할 것 없어 보이기도 합니다. 우리가 흔히 쓰는 표현과는 다른 말인지 알고 싶습니다.

'더불어'는 우리가 평소에 쓰는 말과 비슷하지만

좀 더 깊이 있는 뜻을 가집니다. '더불어'는 삶에 대한 이야기며, '더불어'는 가치에 대한 이야기입니다. 가치는 삶의 태도를 만들고, 삶의 태도는 삶의 방향을 정합니다. 어떤 가치관을 가지고 사는지가 어떤 삶을 살게 될지를 결정하는 것이죠. '경쟁'은 삶의 가치를 속도에 맞추어 놓았어요. 무조건 '빨리, 많이, 높이'를 향해 달리는 동안 모두가 불행해지고 말았습니다.

어린이들은 대부분 차를 타본 경험이 있을 거예요. 도로를 나서면 빠르게 달리는 차들이 꼬리에 꼬리를 물고 이어지는 것을 볼 수 있어요. 차가운 아스팔트 위에서 앞차의 뒤꽁무니를 따라 마구 달리죠. 만약 그 차들이 어디로 가는지도 모르면서 빨리 가려고 경쟁한다고 생각해 보세요.

남들이 가는 곳을, 남보다 빨리 도착하기 위해 열심히 달려갔는데, 내가 원하는 곳이 아니라면 어떤 느낌이 들까요? 지금 우리가 하고 있는 경쟁이 이런 것을 아닌지 생각해 보아야 합니다. 속도보다 방향이 중요해요. 방향이 정해지고 나서 출발해도 늦지 않습니다. 방향을 정하는 것이 먼저입니다.

느리게 걸어요

막무가내로 달리기만 하는 경쟁은 우리에게 너무나 많은 것을 희생하도록 강요합니다. 어른들은 자신들이 경쟁하는 것도 모자라, 어린이들에게도 경쟁을 요구합니다. 근사한 미래를 위해 어린이들이 친구도 놀이도 없는 시간을 견뎌야 한다고 우겨댑니다.

> 그런데 떼굴떼굴 정신없이 구르다보니 벌레와 이야기하기 위해 멈출 수가 없었습니다. 꽃냄새도 맡을 수 없었습니다. 노래를 부르려고 했지만 너무 빨리 구르다보니 숨이 차서 입만 벙긋거려야 했습니다.
> 동그라미는 곰곰이 생각한 끝에 찾았던 조각을 살짝 내려놓았습니다. 그리고 다시 한 조각이 떨어져 나간 몸으로 천천히 굴러가며 노래했습니다.
> "내 잃어버린 한 조각을 찾고 있지요."
> 문득 나비 한 마리가 동그라미의 머리 위로 내려앉았습니다.

– 셸 실버스타인 《잃어버린 조각》 중에서

《잃어버린 조각》은 '삐뚤빼뚤' 구르는 동그라미를 통해 속도를 포기하면 얻게 되는 것이 무엇인지 보여줍니다. 조금은 느리게,

가끔은 노래도 불러가며 더불어 사는 삶에 대해 이야기해 줍니다.

이런 삶이 진짜 행복하고, 더 큰 의미가 있다고, 섣불리 단정 짓지는 않겠습니다. 다만 최근 들어 더불어 사는 삶이 사람들의 관심을 모으고 있고, 이에 따라 공동체가 주목받는 것은 분명한 사실입니다.

따뜻한 마을 이야기

나는 '희망제작소'를 설립하자마자, 공동체의 견본이 될 마을을 찾아 전국을 돌아다녔습니다. 공동체를 일구기 위해 노력하는 사람들을 만났어요. 그들은 절망의 우물에서 희망을 길어내는 두레박 같은 사람들이었죠. 그곳에서 보고, 듣고, 느낀 것들을 바탕으로 나는 현대인이 자신의 삶의 뿌리를 내릴 방법을 생각했습니다.

우리나라에서 '마을'하면 떠오르는 것은 조용한 시골의 풍경입니다. 내가 태어난 곳도 경남 창녕의 시골마을이었어요. 그곳에서 나는 개구쟁이로 자랐답니다. 중학교를 졸업한 후 고향을 떠났지만, 시골마을의 산과 들을 뛰어다니던 시간은 나에게 좋은 자양분이 되어 주었습니다.

　어린 시절 우리 집 사랑방은 늘 사람들이 많았어요. 넉넉하지 않은 살림에도 동네 사람들이 모이기도 하고 지나가는 나그네를 재우기도 했어요. 하루에도 수십 명이 찾아왔지만, 부모님은 내치는 법이 없었습니다. 먹고 살기 어려운 시대였지만, 서로 돕고 사는 공동체문화가 우리네 마을에는 면면히 이어져 내려오고 있었어요.

　우리가 새로운 공동체를 꿈꾸는 이유는 뿌리를 찾기 위해서입

니다. 내가 더불어 사는 삶을 계속 이야기하는 까닭은 행복을 찾
기 위해서입니다.

함께 가야 길이 된다

'참여연대'로 첫 출근을 하던 날이 생각납니다. 사무실은 용산
역 앞에 있었는데, 환경이 매우 열악했어요. 아침에 문을 열면 책
상 위에 쥐똥이 쌓여 있었어요. 사무실에 있으면 쥐벼룩 때문에
가려워 계속 긁었답니다. 책상도 모자라서, 누가 밖으로 나가면
다른 사람이 앉는 식으로 메뚜기 근무를 해야 했어요.

그래도 돌이켜보면 그 때가 가장 즐거웠습니다. 세상을 바꿔보
자는 열정으로 가득 찬 시기였으니까요. 때로는 시행착오에 머리
를 쥐어뜯기도 했지만, 함께 고생하며 서로 격려하는 동료들을 보
면서 다시 힘을 낼 수 있었어요.

시민운동이 시민에게 다가가려면 활동가들에게만 의존할 수는
없습니다. 시민단체가 널리 자원봉사자를 구해야 해요. 자원봉사
자가 보람을 가지고 일할 수 있는 자리가 많아야 해요. 자원봉사
자는 시민단체를 시민단체답게 만드는 보석 같은 존재랍니다.

사람에게는 누구나 선한 마음이 있어요. 시민운동은 그 마음들을 무심코 지나치지 않는 데서 출발해요. 시민운동은 평범한 사람들이 귀한 재능과 열정을 발휘해 온 세상에 희망을 퍼뜨릴 수 있도록 도와주는 역할을 합니다.

참여연대의 안내는 늘 주부 자원봉사자들의 몫이었어요. 자원봉사자들이 요일을 정해서 방문자안내와 전화안내를 도맡아서 일했습니다. 참여연대에 항의전화를 했다가 이들의 꼬임(?)에 넘어가 정기후원을 시작한 회원들도 수두룩했답니다.

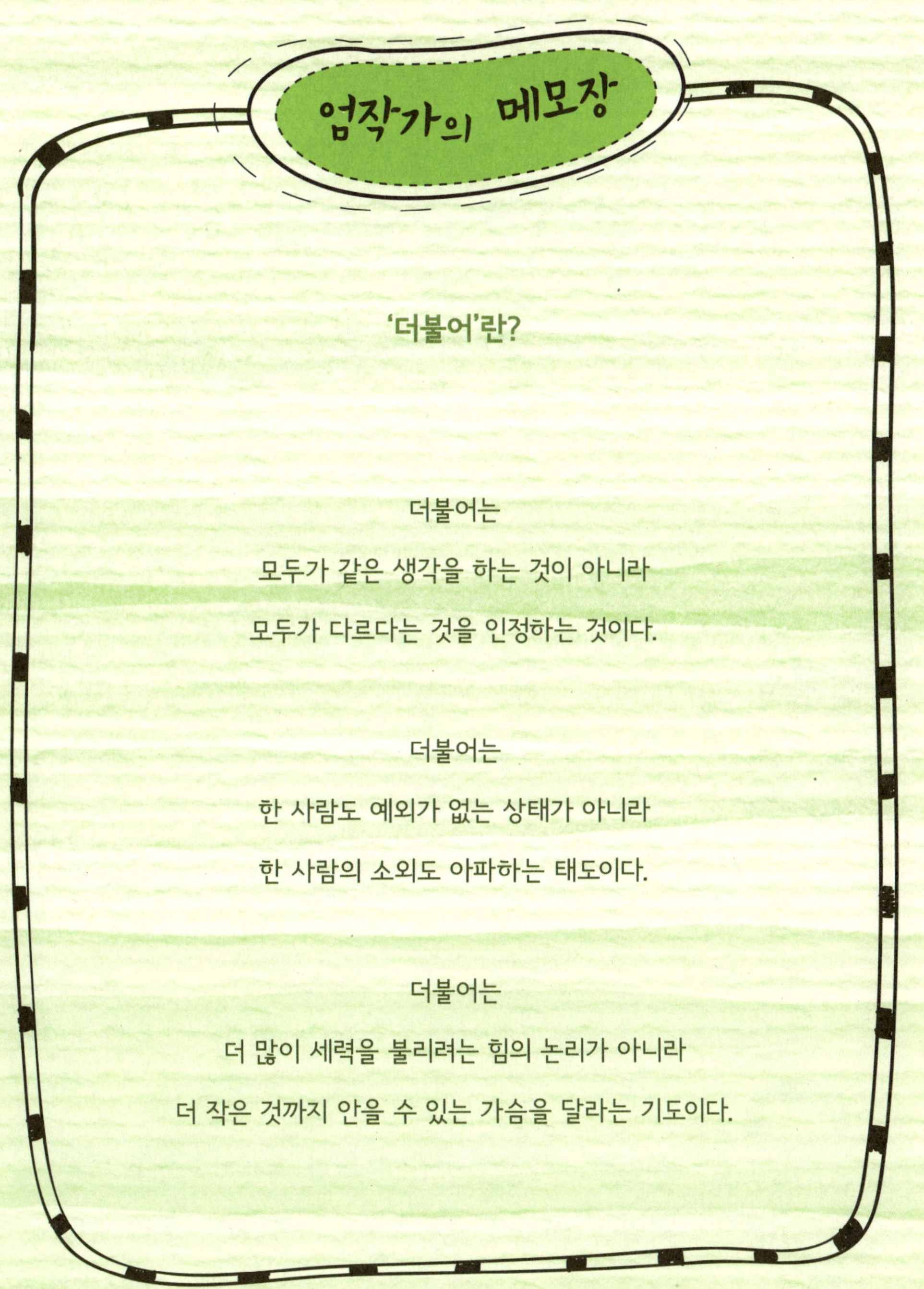

'더불어'란?

더불어는

모두가 같은 생각을 하는 것이 아니라

모두가 다르다는 것을 인정하는 것이다.

더불어는

한 사람도 예외가 없는 상태가 아니라

한 사람의 소외도 아파하는 태도이다.

더불어는

더 많이 세력을 불리려는 힘의 논리가 아니라

더 작은 것까지 안을 수 있는 가슴을 달라는 기도이다.

도덕성
– 약해서 강인한 아름다운 원칙

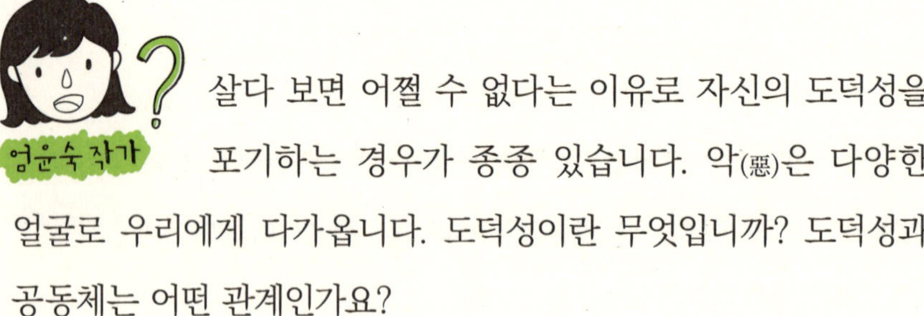

살다 보면 어쩔 수 없다는 이유로 자신의 도덕성을 포기하는 경우가 종종 있습니다. 악(惡)은 다양한 얼굴로 우리에게 다가옵니다. 도덕성이란 무엇입니까? 도덕성과 공동체는 어떤 관계인가요?

공동체는 특정한 공간, 특정한 단체에 한정돼 있지 않아요. 우리가 어떻게 하느냐에 따라 우리 가정

이, 직장이, 지역이 얼마든지 공동체가 될 수 있습니다. 공동체는 공동선에 대한 사회적 책임을 요구합니다. 시민으로서 공동선을 추구하고 사회적 책임감을 가질 때 우리 사회가 시민공동체에 가까워지는 것입니다.

공동체는 어떤 단체가 있어서 그곳에 들어갈지 말지를 결정하는 것이 아니라 그 정신을 공유하고 공감하는 것입니다. 공동체가 잘 유지되기 위해는 도덕성이 요구됩니다. 도덕성은 하지 말아야 할 것과 해야 할 것을 정해 준답니다. 도덕성은 우리를 좀 더 기품 있게 생각하고, 섬세하게 말하고, 고귀하게 행동하게 만들어 줍니다.

도덕성은 함께 사는 사람에 대한 예의이며, 신뢰의 바탕이 되죠. 신뢰는 사람과 사람이 자유롭게 만날 수 있는 환경을 만들어 줍니다. 신뢰를 얻기 위해서는 아주 작은 것에도 민감해져야 합니다. 작은 것을 지키지 않고 뭔가 큰 뜻을 이루겠다는 것은 거짓말입니다.

권위와 도덕성

도덕성이 무엇인가라는 질문에 답을 대신해서, 흥미 있는 실험

내용을 소개하고 싶습니다. 이것은 권위에 무조건 복종하는 것이 얼마나 위험한 일인지 알려주는 실험이랍니다. 인간에게 '왜'라는 질문이 얼마나 소중한 것인지 알려주는 중요한 장면입니다.

미국 예일대학교의 심리학과 조교수 스탠리 밀그램이 신문광고를 냈습니다. '징벌에 의한 학습효과'라는 실험에 참여할 사람들을 모집한다는 내용이었어요. 광고를 보고 찾아온 사람들은 4달러를 받고 교사와 학생 역할로 나뉘어 실험에 참가했어요.

밀그램은 학생을 의자에 묶고 전기충격 장치를 연결했어요. 그리고 교사에게는 실험복을 입히고 학생에게 문제를 내도록 했습니다. 밀그램은 자신이 모든 책임을 지기로 하고, 학생이 문제를 틀리면 교사는 전기충격을 가하도록 지시했죠. 전압은 15볼트부터 450볼트까지 단계적으로 높여갔어요. 문제를 틀릴 때마다 학생의 비명소리는 커져 갔습니다.

물론 실험은 가짜였어요. 학생은 연기자였고, 전기도 연결되어 있지 않았습니다. 하지만 참가자들은 뭔가 잘못되었다는 것을 알면서도 자신이 그 일을 쉽게 그만두지 못한다는 점을 알게 되었습니다.

나중에 정신을 차리고 보면 누구도 그런 일을 하지 않을 것 같지만, 그 안에 있을 때는 아무도 그런 생각을 하지 못해요. 도덕성은 아주 작은 권위에도 무릎을 꿇습니다. 도덕성은 작은 위협과 돈의 유혹과 달콤한 아첨에 잘도 넘어갑니다. 도덕성은 아주 작은 함정에도 힘을 잃습니다.

도덕성은 아주 연약하고 허약합니다. 하지만 이 약함이 우리의 희망입니다. 우리가 이것을 지켜갈 때 우리에게 희망이 있습니다. 약함을 사랑해야 해요. 그 연약함까지 지켜 줄 수 있을 때 우리는 서로가 서로를 신뢰할 수 있어요. 내가 나를 믿을 수 있습니다.

도덕성은 나쁜 환경에서는 숨이 막혀 죽고마는 연약한 생명체랍니다. 더 깨끗하고 더 공정하고 더 섬세한 곳이 되어야, 꽃을 피우고 뿌리를 내리고 살 수 있는 것이 도덕성입니다.

기업의 사회적 책임

회사도 이제는 투명해야 합니다. 사람들에게 도덕성을 인정받아야 사랑 받을 수 있게 되었습니다. 기업의 사회적 책임은 더 이상 선택의 문제가 아니라 반드시 갖춰야 할 필수덕목이 되었어요. 사회적 책임을 다하지 못하는 회사는 결국 설 자리가 없어지기

마련입니다.

　미국 의류업체 갭이 그 예입니다. 갭에 옷을 납품하는 인도 하청업자의 또 다른 하청업자, 즉 2차 하청업체가 어린이들을 이용해 옷을 만들었다가 현지 NGO에 의해 폭로되었습니다. 어린이들에게 노동을 시킨 것은 큰 잘못입니다. 사람들은 한 달 매출을 25%나 떨어뜨리는 것으로 반응하였죠. 이제 사회적 책임을 무시하고 눈앞의 이익에만 매달리는 기업은 미래를 보장받을 수 없어요. 이제 회사는 본사는 물론 하청업체까지 인권을 침해하는 일은 없는지, 환경을 오염시키는 일은 없는지 늘 세심하게 따져야 합니다.

어쩔 수 없다는 구차한 변명

　살아가다보면 뭔가 잘못되었다고 느끼면서도 모르는 척 무시하게 되는 경우가 많아요. 그리고는 위에서 시키니까, 친한 사람의 부탁이니까, 경쟁에서 이겨야 하니까, 어쩔 수 없었다고 말하죠. 권위와 체면, 경쟁 등이 도덕성보다 높이 있는 거예요. 다시 말해 대부분의 사람들은 자신의 행복을 희생해 가며 도덕성을 버리고 있다는 뜻이죠.

　도덕성은 인간의 행복과 밀접한 관련이 있어요. 도덕성을 추구하며 각자의 소명을 다할 때 인간은 행복을 느끼게 되어 있습니다. 인류의 역사만큼이나 오랫동안 우리와 함께 해 왔던 원칙이죠. 도덕은 있으면 좋고, 없어도 할 수 없는 것이 아닙니다. 도덕성은 우리가 행복하게 살아가기 위해 꼭 필요한 기초입니다.

　사실 어린이에게 도덕성을 강조하기에는 어른이 하는 일들이 낯부끄러운 경우가 많습니다. 하지만 그럴수록 핑계 늘어놓지 않고, 원칙에 대해 말하는 것이 중요하다고 생각합니다. 우리 어른들이 잘 해서 말할 수 있는 것이 아니라, 잘 해야 하기 때문에 더 많이 이야기해야 한다고 생각합니다.

　나는 어린이들이 '어쩔 수 없다'는 변명 대신 '이것만은 꼭 지킨다'고 말하는 도덕적인 시민으로 자라나기를 바랍니다. 기존의 권위에 무조건 순종하지 않고, '왜'라는 질문을 가슴 깊이 품고 살아가는 어린이가 되길 응원합니다.

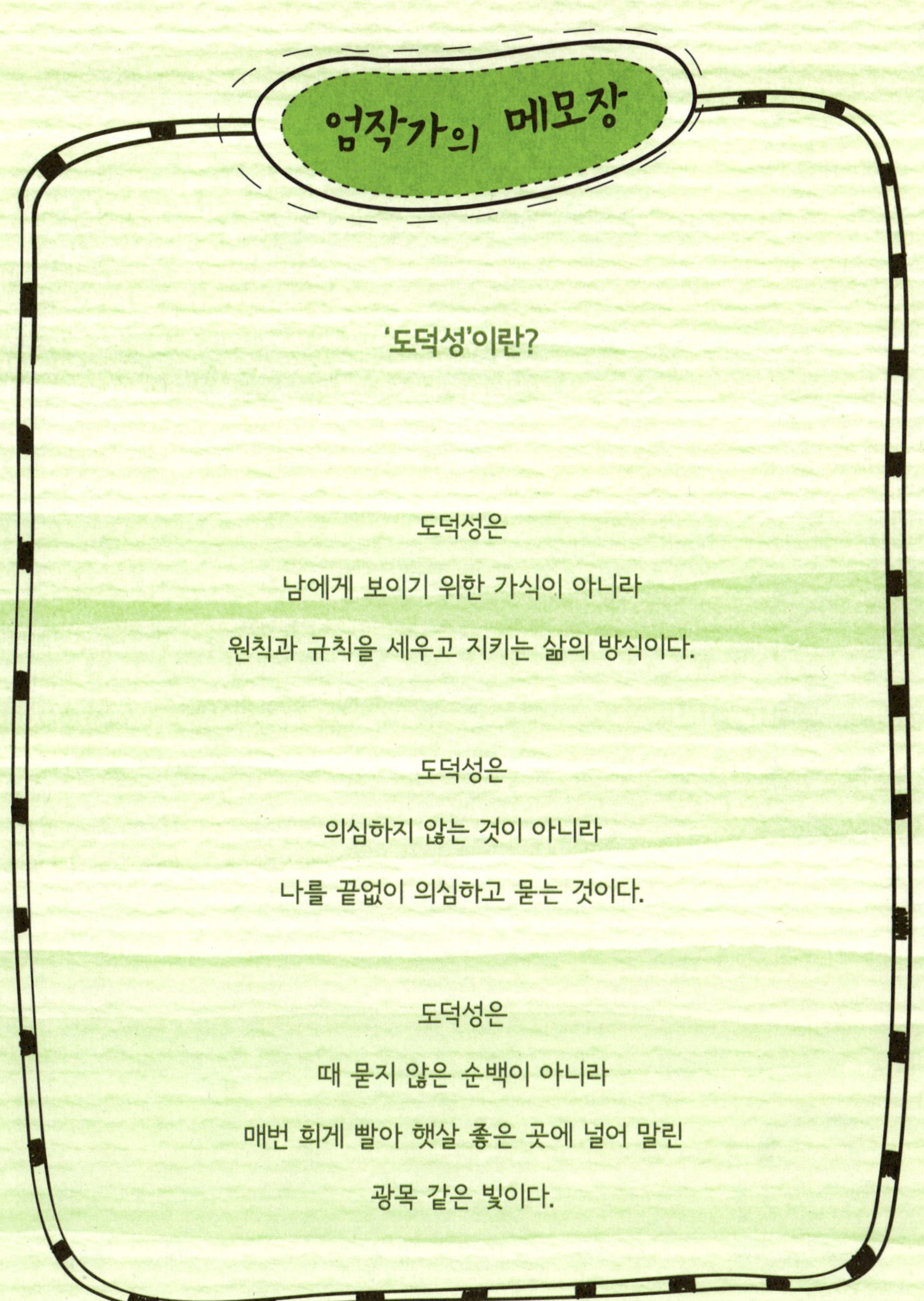
엄작가의 메모장

'도덕성'이란?

도덕성은

남에게 보이기 위한 가식이 아니라

원칙과 규칙을 세우고 지키는 삶의 방식이다.

도덕성은

의심하지 않는 것이 아니라

나를 끝없이 의심하고 묻는 것이다.

도덕성은

때 묻지 않은 순백이 아니라

매번 희게 빨아 햇살 좋은 곳에 널어 말린

광목 같은 빛이다.

행복
- 최고의 기쁨, 최고의 가치

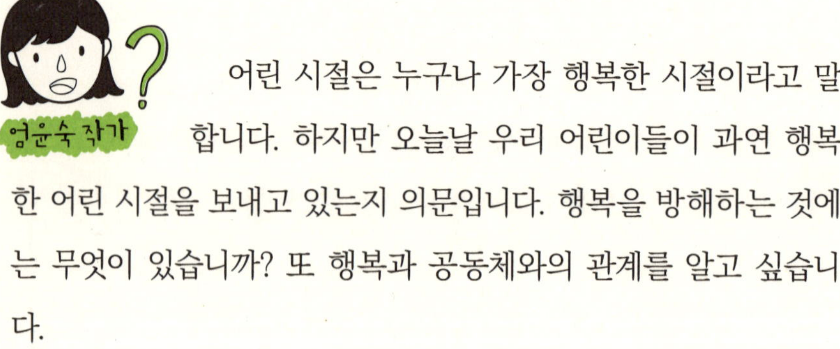

어린 시절은 누구나 가장 행복한 시절이라고 말합니다. 하지만 오늘날 우리 어린이들이 과연 행복한 어린 시절을 보내고 있는지 의문입니다. 행복을 방해하는 것에는 무엇이 있습니까? 또 행복과 공동체와의 관계를 알고 싶습니다.

우리는 관계를 통해 살아갑니다. 관계를 통해

삶을 이어가고 있기 때문이죠. 내가 누구인지, 네가 어떤 사람인지, 우리가 꾸려 나갈 공동체가 어떤 모습인지가 관계를 통해 밝혀집니다. 또 관계는 행복을 전파하는 가장 효과적인 방법이기도 합니다. 진정한 행복이란 서로가 서로의 가슴에 닿을 때 느낄 수 있기 때문이죠.

불행히도 지금 어린이들이 행복하다고 쉽게 말할 수 없을 것 같습니다. 일생 중 가장 행복해야할 소중한 시간을 우리 어른들이 망치고 있는 것은 아닌지 걱정입니다. 이것은 어른이 어린이를 바라보는 것에 문제가 있기 때문이죠. 어린이를 어떻게 생각하느냐를 물어야 합니다. 어른들은 어린이들을 단지 먹이고 입히고 가르쳐야 할 대상으로만 생각하지 않고, 공동체의 일원으로 생각하고 대우해야 합니다. 어린이 또한 자신이 하나의 인격체라는 사실을 잊지 말아야겠습니다.

5C를 아시나요?

공동체에 대한 관심은 늘 나를 떠나지 않아요. 외국에 나갔을 때도 물론 예외는 아니죠. 런던 거리를 걷다가 우연한 사진전을 보게 되었는데, 그것이 '코인 스트리트 10주년 기념전'이었어요.

그 후 직접 둘러보면서, 세상을 바꾸는 변화의 키워드들을 읽어
낼 수 있었습니다. 나름 코인 스트리트를 분석해본 결과 5C로 요
약할 수 있었답니다.

　첫째, 통섭(Consilience)입니다. 통섭은 이쪽과 저쪽의 울타리를
무너뜨리고 하나의 목표를 위해 힘을 합하는 거예요. 주민들은
경계를 허물고 CSCB라는 사회적기업을 직접 만들었습니다.
　둘째, 신뢰(Credibility)입니다. CSCB는 이익만을 쫓지 않고 삶의
질을 높이는 사업을 펼쳐나갔어요. 주민들의 신뢰와 믿음은 나날

이 단단해졌어요. 신뢰는 미래를 함께 꿈꿀 수 있는 든든한 기초입니다.

셋째, 공동체(Community)입니다. 공동체가 경제발전과 사회통합을 함께 이룰 대안으로 떠올랐어요. 공동체 자체가 눈길을 끌기 시작한 것입니다.

넷째, 문화(Culture)입니다. 전 세계에서 수많은 사람들이 코인 스트리트의 역사와 문화를 보기 위해 달려오고 있습니다.

마지막으로 창의성(Creativity)입니다. 모든 것이 마을 주민들의 창의성이 만들어낸 결실이지요. 그들은 행복한 마을이 최고의 경쟁력이라고 생각하게 되었죠. 생각이 달라지니 세상도 달라 보였어요.

이것이 세상을 바꾸는 다섯 개의 키워드입니다. 통섭, 신뢰, 공동체, 문화, 창의성이 거대한 변화의 물결을 일으키고 있습니다.

행복지수를 높여라

사람은 누구나 행복의 유전자를 갖고 있어요. 다만 그것을 어떻게 끄집어 내야 할지 모를 뿐이죠. 시민운동의 역사는 행복한 공동체를 향한 길이었습니다. 공동체의 본질은 '우리에 대한 사

랑'입니다. 깨어있는 시민으로서 함께 꿈꾸는 동안 인간은 자신의
몸 속에 행복 유전자가 있다는 사실을 깨닫게 됩니다.

뉴스에서 떠드는 경제지표보다는 피부에 직접 와 닿는 행복지
수가 더 중요합니다. 행복지수를 높이려면 마을공동체가 잘 꾸려
져야 해요. 마을공동체가 관계를 회복하는 데 가장 알맞은 공간
입니다. 사람들은 소외에 대한 두려움이 큽니다. 경제적인 어려움
보다 외로움이 더 큰 고통이죠. 그들에게 꼭 필요한 것은 누군가
와 함께 살아가고 있다는 따뜻한 느낌입니다. 사람은 따뜻한 말
과 눈빛을 통해 자기 존재를 확인하고 행복을 느끼죠.

마을공동체는 최고의 복지

마을공동체가 할 수 있는 일이 많습니다. 나는 마을공동체가
최고의 복지라고 생각합니다. 예를 들면 해마다 많은 예산을 들
여 노인복지관과 어린이집을 짓지만, 공동체라는 뿌리가 없으면
사람을 한 곳에 모아두는 수용소에 불과해요. 사람들이 함께 어
울릴 수 있는 마을을 만드는 게 진짜 복지입니다. 노인이 아이에
게 이야기를 들려주고, 아이는 노인에게 재롱을 부리는 공동체가
삶의 한가운데 들어서야 합니다.

마을공동체는 경제에도 힘을 보탤 수 있습니다. 마을공동체의 생활협동조합이 그 열쇠를 쥐고 있어요. 생활협동조합은 소비자와 생산자 간의 불신을 없앰으로써 경제에 활력을 불어넣는 역할을 합니다. 주민들이 공동으로 운영하는 헌책방, 반찬가게 등도 분명 우리 이웃들의 살림살이에 보탬이 될 거예요.

범죄도 어느 정도는 해결할 수 있습니다. 예를 들어 마포의 성미산 마을공동체에 가보면 카페 주인이 아이들의 하교시간까지 알고 있어요. 이런 곳에서 유괴나 납치 같은 끔찍한 사건이 일어나기 어려울 것입니다. 이처럼 마을공동체는 소외되기 쉬운 현대인에게 복지이자, 경제이자, 안전으로 다가옵니다. 나는 그것이 행복한 삶의 전제조건이 아닐까 생각합니다.

가족들과 친구들에 둘러싸여 있지만 우리 어린이들도 외로움을 느낍니다. 경쟁에만 익숙하도록 강요한 어른들의 잘못이 크죠. 그래서 어린이들이 공동체 안에서 건강한 관계를 회복하고 가꾸어 갈 수 있도록 해야 해요.

마을공동체 속에서 우리 어린이들은 행복한 삶을 꿈꾸어야 합니다. 행복은 더 많은 사람과 함께 할 때 더 진하게 느낄 수 있답니다. 공동체 속에서 배우고 살아가면서 어린이는 외로움을 치유할 수 있어요. 공동체의 일원으로 다른 사람들과 더불어 살아가면서 어린이 또한 건강하고 행복한 시간을 보낼 수 있습니다.

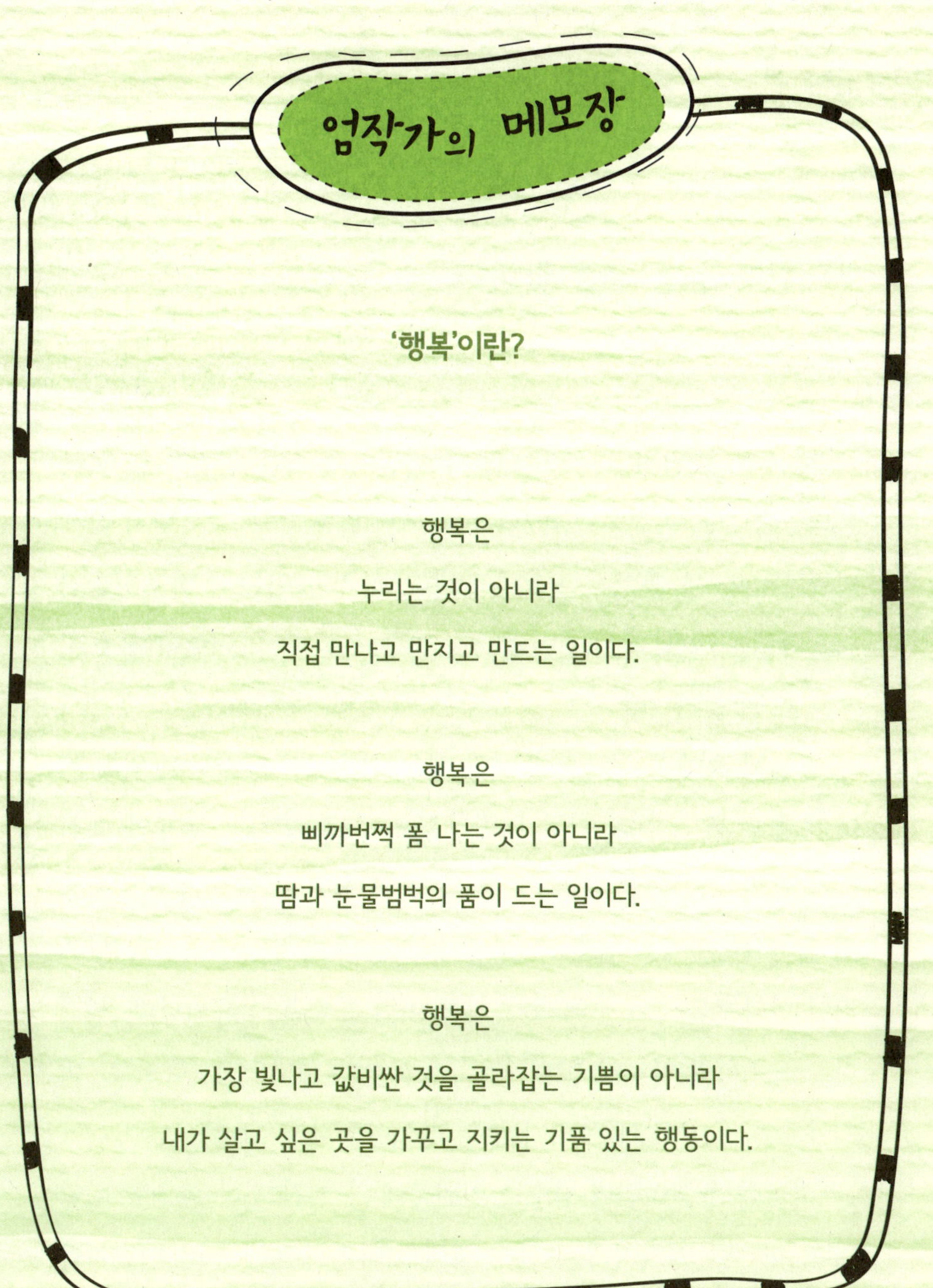

엄작가의 메모장

'행복'이란?

행복은

누리는 것이 아니라

직접 만나고 만지고 만드는 일이다.

행복은

삐까번쩍 폼 나는 것이 아니라

땀과 눈물범벅의 품이 드는 일이다.

행복은

가장 빛나고 값비싼 것을 골라잡는 기쁨이 아니라

내가 살고 싶은 곳을 가꾸고 지키는 기품 있는 행동이다.

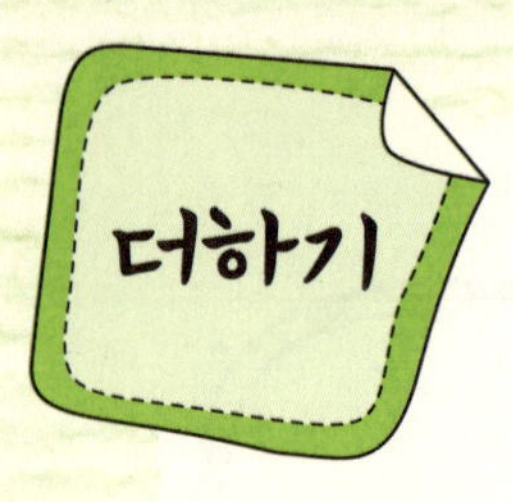

✳ 어린이 '공동체'를 말하다

2012년 11월 1일 '서울특별시 어린이·청소년 인권조례'가 공포되었습니다. 이것은 2012년 1월 26일 공포된 '서울특별시 학생 인권조례'와 큰 틀에서는 비슷합니다. 하지만 이름이 바뀌었습니다. '학생'이 학교밖 어린이와 청소년을 포함해서 '어린이·청소년'으로 바뀐 것입니다.

공동체 속에서 행복하게 살고 싶은 어린이라면 반드시 읽어 보아야 합니다. 그런데 너무 어렵다구요, 그렇습니다. 문제의 핵심은 그것인지도 모르겠습니다. 이걸 만든 어른들은 우리 어린이들이 잘 읽는 것에는 관심이 없는 것 같습니다. 한 번도 생각해 본 적이 없다구요, 그 게 우리가 지금 어렵고 힘든 이유입니다. 생각하고 요구하고 따져야 합니다. 그럴 시간이 없다구요, 다시 한 번 이야기 하지만 그 게 우리가 불행한 이유입니다.

'서울특별시 어린이·청소년 인권조례'가 생긴 것은 환영할 일입니다. 하지만 어린이의 인권에 대해 이야기하면서 우리 어린이들이 보기 힘들게 만들어 놓았다는 점은 분명한 한계입니다. 어린이가 쉽게 읽고 이해할 수 있게 만드는 것으로부터 인권 이야기를 다시 시작해도 좋을 것 같습니다.

어린이를 위한 박원순의 응원

발행일 2015년 3월 31일 (초판 1쇄)

지은이 엄윤숙
펴낸이 박진성
책임 편집 문은숙
디자인 나준희
경영지원 안진희

주소 서울시 마포구 성미산로10 삼지빌딩 201호
전화 02) 322-0640
팩스 02) 322-0641
이메일 seosubi@hanmail.net

© 엄윤숙 2015

이 책의 판권은 지은이와 생각을담는어린이출판사에 있습니다.
서면 동의 없는 무단 전제와 복제를 금합니다.

ISBN 979-11-85025-10-0 (73810)

▌책값은 뒤표지에 있습니다.
▌잘못 만들어진 책은 구입하신 서점에서 교환 가능합니다.